A QUELQUE CHOSE MALHEUR EST BON.

A QUELQUE CHOSE
MALHEUR EST BON,
OU
LE BIEN A CÔTÉ DU MAL,
HISTOIRE VRAISEMBLABLE,

POT-POURRI BOURGEOIS, PHILOSOPHIQUE, ANECDOTIQUE, ALLÉGORIQUE ET BURLESQUE, *QUI A PEUT-ETRE DU SENS COMMUN.*

Par M. BERNARD DE MONTMARTRE,
Dit HILARION le Drôle de Corps.

Vitam impendere ludo.

A PARIS,
CHEZ BARBA, LIBRAIRE, PALAIS DU TRIBUNAT,
GALERIE DERRIERE LE THÉATRE FRANÇAIS.
1807.

EPITRE DÉDICATOIRE.

A LEURS EXCELLENCES TRÈS-RONDS ET TRÈS-PUISSANS SEIGNEURS, NOSSEIGNEURS LES ÉCUS.

NOSSEIGNEURS,

Plus je réfléchis à l'utilité générale dont vous êtes, au bien et au mal que vous pouvez faire, au pouvoir souverain que vous avez exercé et que vous exercerez toujours sur les deux mondes, plus je m'étonne que dans les millions d'Epîtres Dédicatoires qui ont été écrites avant et depuis l'invention de l'Imprimerie, il ne s'en trouve pas une qui vous soit adressée directement.

Sans doute pour quiconque a tant soit peu l'esprit de pénétration, il n'est pas difficile d'observer que tous ces éloges outrés ou vrais, que ces Dédicaces jettent au nez des Rois, des princes, des ministres ou d'autres personnes en place ou en faveur, sont autant d'hommages détournés que l'on vous rend. Mais n'y a-t-il pas de la lâcheté à caresser ainsi, à vos dépens, vos geôliers * ou vos bourreaux ** ?

J'ai donc pensé que ce

* Les avares qui emprisonnent leurs écus

** Les prodigues, appelés trivialement bourreaux d'argent.

serait mériter vos bonnes graces, que de réparer cette insulte de mes confrères les griffonneurs.

En conséquence, Nosseigneurs, je déclare que c'est votre présence ou votre absence qui rend aux yeux d'un auteur, un homme beau ou laid, savant ou ignorant, noble ou vilain, généreux ou avare, courageux ou lâche, criminel ou vertueux.

C'est en votre considération seule que le laboureur supporte, toute sa vie, sans relâche, le poids du jour, les injures de l'air, et les fléaux de la nature. A cause de vous, uniquement, l'ouvrier, l'artisan et l'artiste précèdent le lever du soleil, et ne se reposent que long-temps après son coucher. C'est vous qui poussez le marchand sur les flots, le soldat au-devant des baïonnettes et des boulets de canon, le juge au palais, et l'acteur au théâtre.

C'est vous qui formez les coquettes et les parfumeurs; les musiciens, les peintres et les marchands de vin; les voleurs, les tailleurs et les auteurs; les cuisiniers et les apothicaires; les limonadiers et les marchands de tisane. Vous avez inventé les vaisseaux de ligne, la galiote, les ballons, les cabriolets et les fiacres. C'est à vous que nous devons le Louvre, St.-Pierre de Rome, le Jardin des Plantes, les Ponts de Fer, les pyramides et les allumettes. L'amour-propre a beau se débattre sous votre autorité, ce n'en est pas moins vous qui avez produit l'Enéide, la géométrie; le Cid, les vaudevilles; le poëme de l'Imagination, le vin de Champagne; les pâtés d'Amiens, l'Almanach de Liège et le Journal de l'Empire.

Mais votre plus beau chef-d'œuvre, celui dont l'univers entier, NOSSEIGNEURS, et Montmartre sur-tout, vous auront une éternelle reconnaissance, c'est cet ouvrage que je vous dédie, et qui ne saurait manquer de vivre aussi long-temps que l'on aura besoin de vous dans le monde. Ce n'est pourtant pas ce besoin, NOSSEIGNEURS, qui conduit ma plume; j'aime les Grands, mais je ne cours pas après eux: d'ailleurs, je sais que vous avez le caractère du chien de Jean de Nivelle. Cependant, si vous daignez venir me visiter, vous serez bien reçus. Arrivez donc aussi souvent et en aussi grand nombre que vous voudrez, je n'en aurai pas d'humeur; car *plus on est de fous plus on rit.* Amenez aussi avec vous leurs *hautes puissances* les pièces d'or, vos respectables aïeules; vieilles ou jeunes, je leur ferai également bonne mine. Je vous ferai voir à tous bien du pays. Il n'y aura pas de bons restaurateurs, de spectacles agréables, de jardins élégans où je ne vous mènerai. Je vous ferai faire connaissance avec de très-jolies femmes et des hommes très-aimables. Je vous procurerai même, le plus souvent possible, la satisfaction, bien rare pour vous, d'être utiles aux malheureux. Vous voyez, NOSSEIGNEURS, que je serai bien éloigné de vous tenir dans une dure captivité.

J'espère, NOSSEIGNEURS, que de si louables intentions me vaudront quelque bienveillance de votre part, et que vous n'hésiterez point à croire que je suis pour la vie,

De vos excellences, Nos-SEIGNEURS,

Le très-dévoué sujet,

HILARION, le Drôle de Corps.

Montmartre, ce 23 festidor, an 36 de ma gaîté, ou 1806. (v. st.)

AVIS AU LECTEUR,

PRÉFACE,

AVANT-PROPOS,

AVERTISSEMENT, EXORDE,

PRÉAMBULE, VESTIBULE,

OU

Péristyle de cet ouvrage.

L'ACCUEIL favorable que le public a daigné faire aux *huit premières éditions* de cette *histoire*, m'encourage à lui présenter la *neuvième* : j'espère…

M. CAR, IMPRIM.-LIBR.

Monsieur, je n'imprimerai pas ces mensonges là, *Car*…

L'AUTEUR.

Quels mensonges ?

L'IMPRIMEUR.

Les *huit éditions* d'une *histoire!!!* la première feuille de votre *roman (car c'est un roman)* n'est pas encore sous presse, et n'y a jamais été, j'imagine ; à moins que vous ne l'ayez déjà fait imprimer par quelqu'autre, ce que je saurais par mes correspondans, *Car* cela est de mon état ; ou que vous n'ayez copié vos chapitres tout entiers dans quelques anciens ouvrages que je n'aurais pas lus, *Car* cela n'est pas de mon état.

L'AUTEUR.

M. *Car*, point de mauvaises plaisanteries. J'avoue que j'ai eu plusieurs fois l'idée de mettre en vaudevilles Athalie et le Misanthrope. J'ai apperçu deux magnifiques sujets de mélodrame dans le Tartuffe et dans Zaïre; mais j'ai mieux aimé m'abstenir jusqu'à présent de faire la plus petite pièce en trois actes, que d'agir comme certains de mes confrères, qui ne rougissent pas de transcrire mot pour mot et virgule pour virgule, des pages entières de madame Riccoboni et des alinéa de Marivaux sans variantes.

L'IMPRIMEUR.

Vous avez eu tort, *Car* avec cela on a une maison de campagne et l'on roule cabriolet, ce qui ne laisse pas de donner une réputation.

L'AUTEUR.

Oui, une réputation usurpée.

L'IMPRIMEUR.

Mais ne serait-ce pas la jalousie qui vous fait parler ainsi? *Car* entre auteurs...

L'AUTEUR.

Non, c'est l'indignation de voir le talent étouffé par l'avarice et la cupidité. Eh! qu'importe d'ailleurs le motif de mon humeur, les plagiats en existent-ils moins? N'est-il pas bien honorable pour un auteur, qui a d'ailleurs plus d'esprit qu'il n'en faut pour donner du neuf et du piquant, que le public rencontre dans ses pièces, imprimées en 1795 ou 1798, des phrases et des scènes entières d'ouvrages imprimés en 1737 ou 1743, et dans d'autres plus anciens encore?

L'IMPRIMEUR.

Tout cela m'est égal, *Car* je ne suis pas commissaire de police du Parnasse; mais revenons à vous : pourquoi supposer huit éditions d'un ouvrage dont on n'épuisera peut-être pas la première ?

L'AUTEUR.

Pour usurper une réputation à ma manière, et pour vous amener la foule.

L'IMPRIMEUR.

Mauvais moyen. Vous avez aussi très-grand tort d'intituler cet ouvrage *Histoire*, *Car* on ne daignera peut-être pas même lui donner le titre de *roman*.

L'AUTEUR.

Bon ! une misère vous fait peur. Combien d'HISTOIRES ne sont que des *romans*? combien de projets vastes et philanthropiques n'ont été que des *romans?* la paix universelle, les traités de finance, de morale, de philosophie, d'agriculture, d'économie publique et domestique, le feuilleton du Journal de l'Empire, les Prospectus de beaucoup de maisons d'éducation, qu'est-ce souvent autre chose que des *romans?*

L'IMPRIMEUR.

Des *romans!* qui ont un but utile, *Car*...

L'AUTEUR.

Un but utile ! que l'auteur n'atteint presque jamais. En

voulant enrichir l'état et les particuliers, soulager les cultivateurs, réformer les hommes, pacifier les Deux Mondes, il meurt de faim, inconnu à tous ceux dont il a rêvé la félicité; méprisé ou dédaigné des hommes d'état qu'il a prétendu éclairer de ses lumières; maudit du libraire qu'il a ruiné, et persécuté par ses créanciers, qui, ne pouvant rien tirer de lui que ses nombreux manuscrits, les font saisir et vendre chez la beurrière ou chez l'épicier.

L'IMPRIMEUR.

Eh ! quel sort plus heureux

espérez-vous avec un ouvrage futile? *Car* telle est la nature du vôtre.

L'AUTEUR.

Oh ! moi, je n'ai pas l'ambition de ces grands penseurs, dont je viens de vous parler. Mon ouvrage est futile, mais c'est avec connaissance de cause que je l'ai fait tel. J'ai consulté la mode ; on ne court qu'après les *romans*, je voulais écrire, j'ai fait un *roman*.

L'IMPRIMEUR.

Auquel vous donnez le titre pompeux d'HISTOIRE, *Car* je sais lire, il y a bien HISTOIRE.

L'AUTEUR.

Cela vous tient au cœur. Je pourrais me justifier, si je le voulais, sur cet article : vous prouver, comme J. J. Rousseau, dans la préface de son Héloïse, que tous les événemens que je rapporte ont pu arriver; que je n'ai déguisé que le lieu de la scène et les noms des personnages : mais j'aime mieux vous avouer que je n'ai voulu, par ce titre d'HISTOIRE, que me moquer des écrivains qui nous ont donné effrontément leurs rêveries pour des vérités.

L'IMPRIMEUR.

Mais c'est tromper le public, *Car* on peut croire...

L'AUTEUR.

Vous voulez dire que c'est tromper les sots; mais ils achèteront l'ouvrage et ne s'en appercevront pas. Quant aux personnes de bon sens, ce n'est pas pour elles que j'ai écrit; et si par hasard elles me lisent, elles ne seront pas dupes du titre, elles verront bien que mon *roman* contient quelques réalités.

L'IMPRIMEUR.

Mais si les gens d'esprit n'achètent pas votre livre, je n'en vendrai donc pas? *Car* il me semble...

L'AUTEUR.

Au contraire, si les autres y viennent, vous aurez la foule, et vous ferez au moins les *neuf éditions* dont je parlais au commencement de ma préface. Décidément, voulez-vous m'imprimer?

L'IMPRIMEUR.

J'en doute fort, *Car* vous savez que le papier et la main-d'œuvre sont très-chers; que l'argent est rare.

L'AUTEUR.

Eh! oui, je sais que l'argent

est rare, et voilà pourquoi j'ai fait un roman ; achetez le mien bon marché (ce qui ne vous empêchera pas de le vendre cher), payez-moi argent comptant, cela vaut mieux que de grandes promesses et rien au bout.

L'IMPRIMEUR.

Mais je le payerai toujours trop cher s'il ne se vend pas, *Car* les frais me resteront avec l'ouvrage.

L'AUTEUR.

Alors dégoûtés tous les deux, moi d'en composer, vous d'en acheter, et n'ayant cependant perdu, vous que peu d'argent et moi peu de temps, nous pourrons dire ensemble : *A quelque chose malheur est bon.*

A QUELQUE CHOSE MALHEUR EST BON, OU LE BIEN A COTÉ DU MAL.

CHAPITRE PREMIER.

Le Coucou.

Que m'apportez-vous encore là, Monsieur Clairon? — Un coucou, madame Clairon. — Belle idée! en vérité, nous sommes déjà trop riches, pour dépenser de l'argent à de pareilles niaiseries! — Ce n'est point une niaiserie, ma femme, c'est un meuble très-utile. — Oui, pour m'étourdir nuit et jour de son bruit monotone. — Dans trois jours vous n'y penserez plus. — Je n'en veux pas. — Songez donc, ma chère amie, que depuis que j'ai mis ma montre en gage pour payer les mois d'école de Bastien, vous vous plaignez sans cesse de ne jamais savoir l'heure. — Je vais la demander à mes voisines. — Vous êtes brouillée avec toute la maison. — Je regarde au soleil. — Et quand il n'en fait pas? — Vous m'ennuyez, je ne veux pas de bêtises chez moi. — Cette bêtise-là vaut mieux que tous vos oiseaux et vos petits chiens qui salissent ma chambre. — Toujours des reproches! — Et vous toujours de l'humeur. — Parce que vous me donnez sujet d'en avoir. — Je vous laisse faire vos volontés, laissez-moi suivre mes goûts. — Vos goûts n'ont pas le sens commun. — Permettez-moi de vous observer que celui-ci est très-raisonnable. — Un coucou! — qui, en me réveillant tous les matins, m'empêchera de manquer à l'appel, — et qui troublera mon repos. — Mon devoir est essentiel. — Le sommeil m'est nécessaire, je fatigue toute la journée. — De la langue. — Et le ménage, le comptez-vous pour rien? — Ce sont vos affaires. — Si vous aviez dix mille livres de rente, je ne me plaindrais pas. — Je le crois bien, mais cela viendra peut-être. — Toujours avec vos belles espérances. — Cela m'empêche d'être malade. — Et en attendant vous buvez et mangez le peu que nous avons. — Ma femme, je vais placer le coucou. — Oui, cela vous donnera de quoi vivre! — Il sera bien là, n'est-ce pas? — Mettez-le où vous voudrez, il n'y restera pas long-temps. — C'est ce que nous verrons. — Ah! que je suis malheureuse de vous avoir épousé! — Je n'en dis pas autant, car je vous aime toujours malgré vos boutades.

Le lecteur juge aisément par ce petit bout de conversation, que mon père, M. Clairon, clarinette au régiment des Gardes Françaises, était un brave homme, point querelleur dans son ménage, et même assez flegmatique.

Il concevra aussi facilement que

madame son épouse, ma très-honorée mère, était tant soit peu hargneuse, criarde, absolue avec tout le monde, comme avec son mari; aussi ne pouvait-elle conserver aucune connaissance : au bout de quinze jours de liaisons on la fuyait comme la peste. On m'a cependant cité une vieille dévote, dont je ne me rappelle plus le nom, avec laquelle elle vécut en assez bonne intelligence pendant trois semaines : il est vrai que la vieille était sourde comme un pot.

Mon frère Bastien qui allait encore à l'école sept mois et un jour avant ma naissance, était déjà un grand mauvais sujet lorsque l'on m'y envoya à mon tour. Il ne savait que lire et écrire; mes parens essayèrent en vain de lui faire apprendre plusieurs métiers, il ne réussit dans aucun, et mangea beaucoup d'argent à ne rien faire. Il vécut deux ans avec des libertins et des femmes perdues, fréquenta les jeux et les cabarets, battit le guet et se fit mettre en prison différentes fois. Ma mère cria tous les jours après lui autant que s'il eût cassé un verre. (Car il faut remarquer que ne réglant jamais son humeur, elle ne faisait pas moins de bruit pour un léger accident que pour un malheur réel.) Mon père ne se fâcha qu'une fois sérieusement, et fit partir Bastien pour les îles, et l'on n'en entendit plus parler.

L'horloge de bois fut donc clouée au pied du lit, en face de la fenêtre. Pendant toute cette première journée, madame Clairon ne put rester en place : chaque mouvement du balancier lui rappelait que son mari l'avait contrariée. Elle aurait volontiers arraché l'innocente machine, et l'aurait jetée par la fenêtre après l'avoir brisée en mille pièces; mais elle craignait la colère froide et raisonnée de M. Clairon.

Onze heures sonnent enfin, et mon père futur rentre, la tête un peu échauffée. Il était gai, mon père, quand il avait bu un peu plus qu'à l'ordinaire. Il veut embrasser sa femme, elle le repousse : il n'insiste pas, demande à souper, et pendant son modeste repas, il fait mille questions indifférentes à son épouse boudeuse, qui ne lui répond pas un mot. — Allons coucher, dit-il, quand il eut fini sa bouteille. — Couchez-vous si vous voulez. — Et toi ? — Je n'ai pas de vin à cuver. — Mais je ne suis pas gris. —Non, vous êtes saoul.—J'ai rencontré Chanterelle qui m'a proposé de venir jouer demain dans un bal où je serai bien payé, ensuite nous avons bu une chopine. — Qui tenait quatre pintes? — C'est lui qui a régalé.—Avec votre argent?—Tu sais bien que c'est toi qui as la bourse. — Ce sera encore une dette de plus qu'il faudra que je paie. — Viens-tu te coucher? dit mon père, en finissant de se déshabiller. — Non. — D'où vient donc cette nouvelle fantaisie? — Je ne me coucherai pas que ce maudit coucou ne soit hors d'ici. — Il y restera. — Il n'y restera pas, ou bien je. . . . — Bonsoir, ma femme.

Mon père se coucha, et il ne se passa pas cinq minutes sans qu'on l'entendît ronfler. Il avait cela de bon que, contrariétés, querelles, plaisir, chagrin, soucis, rien ne troublait jamais son sommeil : je lui ressemble en cela.

Ma mère, au bout d'une demi-heure d'entêtement, sentant le froid et l'envie de dormir qui la gagnaient, se coucha aussi en grommelant. Elle fit beaucoup de bruit en se mettant au lit, et donna quelques coups de pied à mon père qui n'en sentit rien, ou qui feignit de ne pas s'en appercevoir.

Pendant qu'ils dorment tous les deux, je veux apprendre à mon lecteur, pour le tenir éveillé, à qui avait appartenu la fameuse horloge qui fait le sujet de ce chapitre, avant que mon père en fût possesseur.

Son premier maître était cuisinier d'un grand seigneur du temps de la Régence. Ayant fait fortune, à l'aide du systême de Lawss, il vendit tous ses meubles communs pour les remplacer par d'autres qui fussent dignes de sa moderne opulence. L'horloge fut achetée par un Gascon, que le même systême avait ruiné, et qui s'en défit bientôt, parce qu'elle sonnait trop souvent l'heure de payer ses dettes, et trop rarement celle d'un bon dîner *gratis*. Un gros chanoine en fit l'acquisition dans les premiers jours de son exercice; mais, imitant bientôt ses confrères et n'ayant plus besoin d'être réveillé pour aller aux matines, il la revendit pour la moitié du prix qu'elle lui avait coûté. De mains en mains elle arriva enfin entre celles d'un boucher. L'aventure qui la fit changer cette fois de condition, mérite d'être citée.

Ce boucher avait une femme qu'il maltraitait souvent, quoiqu'elle fût douce, honnête et fort jolie. Un jeune épicier, qui demeurait en face, en devint éperdûment amoureux, et le lui fit assez comprendre, tant par ses regards que par ses discours. Les mauvais procédés de son mari et la coquetterie naturelle à son sexe, déterminèrent Justine (c'était le nom de la bouchère) à écouter les vœux de l'épicier. Ils convinrent de leurs faits, et elle lui donna rendez-vous un soir, qu'elle croyait son mari à Poissy pour son commerce. Pendant qu'ils étaient en train de rire et de badiner, ils entendent frapper à la porte de la rue. Justine regarde par la fenêtre : jugez de son effroi ! c'était son mari qui revenait, parce qu'il avait remis son achat au marché suivant. Heureusement il était ivre. Cependant où cacher son amant. Pressée par la circonstance, elle ne voit que la boîte du coucou qui puisse lui servir de retraite. L'épicier s'y blottit tant bien que mal. Justine ouvre la porte à son mari et lui fait accroire qu'elle était couchée. Celui-ci, qui ne demandait pas mieux que d'en faire autant, se met au lit et s'endort. Le réveil de l'horloge était toujours monté pour trois heures du matin, parce que c'était le moment auquel le boucher allait tous les jours à la halle chercher sa viande. Trois heures sonnent donc, et le mari de Justine s'en va à sa besogne. Sa femme, qui n'attendait que ce bienheureux moment, et qui n'avait pas fermé l'œil de la nuit, vint délivrer son captif qui n'en pouvait plus de peur et de malaise. Comme le boucher ne rentrait jamais chez lui avant dix heures du matin, après s'être mutuellement rassurés, ils songèrent à se dédommager de la frayeur qu'ils avaient eue, et des momens perdus pour leur amour.

Pendant quelques jours l'épicier ne se pressa pas de revoir Justine, soit que sa passion satisfaite l'eût rendu plus tranquille, soit que la gêne de cette intrigue l'effrayât pour d'autres rendez-vous. Mais Justine, qui ne prenait pas ainsi son mal en patience, lui en fit des reproches. Celui-ci lui jura qu'il l'aimait toujours; mais il s'excusa sur la difficulté des entrevues. — « Et le coucou? dit Justine. — On y est si mal; la boîte est si étroite! — Oui, mais après, on est mieux. — Ah!

oui, bien mieux! » Les beaux yeux et les discours enchanteurs de la fripponne persuadèrent l'épicier, et, pendant deux mois, tous les soirs, le coucou servit de cachette à l'amour. Quelquefois, lorsque l'épicier trouvait que l'heure du départ du mari tardait trop à sonner, il faisait aller le réveil, et le boucher s'étonnait souvent d'être sorti une heure plus tôt que de coutume. Tout allait bien jusques-là; mais une nuit le mari s'étant réveillé et s'appercevant que le balancier ne marchait pas (parce que l'amant, en se hâtant de se cacher, avait mêlé les cordes qui tiennent les poids,) il se leva pour remonter l'horloge, croyant qu'on l'avait oubliée. L'épicier qui l'entendit en faire la réflexion tout haut, n'attendit pas qu'il vînt à lui. Il en sortit précipitament, et, comme il connaissait les *êtres*, il ouvrit brusquement la porte de la chambre et celle de la rue, et s'enfuit chez lui de toutes ses jambes, jurant bien qu'on ne le reprendrait plus en bonne fortune.

Si Justine fut épouvantée du bruit qui se fit dans sa chambre, elle fut bientôt rassurée en entendant fermer la porte de la rue. Alors elle feignit une frayeur égale à celle de son mari, qui ne pouvait pas, comme elle, connaître la cause de tout ce désordre. Elle le confirma dans l'idée qu'il se forma que c'était un voleur. Mais quel fut son chagrin quand il lui fit part du dessein qu'il avait de vendre cette horloge à cause de cet événement! Elle eut beau lui représenter l'utilité de cette machine (utilité dont elle s'était trouvée si bien!) il ne lui céda pas, l'horloge fut vendue, et mon père l'acheta.

Quelque temps après, l'indiscret épicier ayant raconté cette histoire, quoique sous des noms supposés, le boucher sut à quoi s'en tenir sur le prétendu voleur; Justine n'en fut que plus maltraitée, et le quitta bientôt. L'aventure courut dans le monde, on la mit en conte et en vaudeville, et le meuble sonnant fut appelé *coucou*, en mémoire de l'usage auquel Justine l'avait fait servir.

Ce fut un mois après cette scène

que mon père fit son emplette ; et comme le balancier avait été arrêté, le réveil était resté fixé à trois heures, ce qu'il n'avait pas observé en remontant la machine. J'ai dit que M. Clairon et sa douce moitié étaient endormis. Tout-à-coup le réveil part et fait, pendant deux éternelles minutes, un carillon d'enfer. A ce bruit inaccoutumé, mes parens s'éveillent en sursaut, le chat effarouché saute sur les ais mal assurés qui servent de buffet, renverse et brise toute la vaisselle ; le chien aboie, Bastien crie dans son petit lit comme un aveugle ; ma mère s'élance de la couche nuptiale et crie au voleur ; mon père saisit un moment de silence et dit : — Ce n'est rien, c'est le réveil. —

Que le diable t'emporte, toi et ton réveil ! — Il va fort bien, madame Clairon. — Oui, pour me faire damner. — Quinze francs, sais-tu que cela n'est pas cher ? — Et toute ma vaisselle qui est brisée ! —Bah ! de mauvaises assiettes toutes raccommodées, on en achetera de neuves.—On en achetera ! toujours dépenser ! — Tout ce que tu diras ne les raccommodera pas ; viens te coucher. — Oui, mais demain ton coucou ne couchera pas ici. — A la bonne heure ; mais c'est ce que nous verrons.

Ma mère se recoucha. — « Conviens que tu as eu une belle peur ! lui dit celui qui va être bientôt mon père. — Voyez la belle invention ! je ne dors pas déjà trop bien. —

Tu t'y accoutumeras. — Je ne crois pas cela. — Faisons la paix. — Non. — Je t'en prie. — Laissez-moi en repos. — Chanterelle m'a promis douze francs pour le bal de demain. — Tant mieux, mais restez à votre place. — Il y en aura un comme cela tous les quinze jours. — C'est bon ; ôtez donc votre main. — Le colonel nous a promis une gratification. — J'en suis bien aise ; mais tenez-vous tranquille, j'ai envie de dormir. — J'aurai deux écoliers la semaine prochaine. — Finissez donc, Monsieur Clairon. — Ma petite femme ! — Je n'aime pas ces bêtises-là. — Ma chère amie. — Nous en avons bien assez d'un ; avec quoi nourrirez-vous celui-là ? — Ma bonne petite amie. — Dors, tu feras mieux...

Finis donc... Tu m'étouffes. « En fet, mon père, pour faire sa paix, déployait de grands moyens, dont il ne faisait plus guère usage que tous les six mois, et ma mère s'écria, après un court silence : Mon ami, il faut garder le coucou : *à quelque chose malheur est bon.*

CHAPITRE II.

Le tonnerre.

On me demandera peut-être comment je puis être si bien informé des détails les plus minutieux d'un événement qui s'est passé avant ma naissance, dans une chambre où il n'y avait pas de témoins ? Qu'il suffise aux curieux d'apprendre que mon père ne m'ayant pas caché le fond de cette aventure, j'ai pu, d'après la connaissance des caractères, en deviner les accessoires.

Et d'ailleurs, voyez combien de pareilles questions seraient déplacées et nuisibles aux auteurs. Car sans

sans parler de ces histoires prétendues véritables, où l'on nous répète mot pour mot les entretiens très-suivis, pendant trois mois et plus, d'un amant avec sa maîtresse, dans une chambre ou dans un jardin où personne n'a pu les entendre; ni de ces beaux et longs discours improvisés des généraux de l'antiquité à leurs soldats; ni de ces belles harangues des héros d'Homère, avant de se couper la gorge; ni enfin de ces monologues des rois ou des grands conspirateurs dans les tragédies : s'est-on jamais avisé de trouver mauvais que des gazetiers nous divulguassent tous les matins les secrets des cabinets des souverains, quoiqu'ils n'en aient jamais eu les clefs? les conversations de tels ministres avec tels ambassadeurs, quoiqu'ils n'aient jamais eu aucune relation avec eux, par cela même qu'ils font des gazettes? les motifs qui ont déterminé telles grandes opérations, motifs qu'ils supposent, ne pouvant pas deviner les véritables?

Je crois que cette digression, qui m'ennuie déjà à écrire, et qui ennuiera aussi le lecteur, le dégoûtera des interrogations, et qu'il se tiendra dit, une fois pour toutes, que lorsque je lui conte quelque chose, c'est pour le moins aussi vrai que la Nouvelle Héloïse, que les lettres de Ninon à M. de Villarceaux, et que les Eloges de Voltaire par M. Geoffroy, malgré que cela ne soit pas aussi bien écrit.

Je reprends donc mon histoire vraisemblable.

— En vérité, dit madame Clairon à son mari, quatre mois après la fameuse nuit dont j'ai parlé à la fin du chapitre précédent, vous aviez bien affaire d'apporter ici ce maudit coucou! sans lui je ne serais pas dans l'état où me voilà. — Vous n'en étiez pas si fâchée le lendemain de son arrivée, madame Clairon. — On ne vous demande pas cela. — Et puis songe que c'est à lui que je dois, par mon exactitude depuis qu'il est à la maison, ma place de première clarinette au régiment. — Un enfant de plus. — Cinquante écus d'augmentation. — C'est superbe ! — Tu n'es jamais contente. — Tu es toujours insouciant. — Dites toujours gai, madame Clairon, parce que j'ai remarqué que l'humeur n'était bonne à rien, qu'à rendre malade. — Joli systême! — En deux mots, voilà ma philosophie : prévenir ou réparer le mal quand je le peux, et souffrir celui que je ne puis empêcher. — Vous m'ennuyez. — Vous vous fâchez, donc j'ai raison.

Quelques lunes après ce petit développement de la philosophie de mon père, Chanterelle vint à la maison, lui proposer d'aller jouer le soir à un bal bourgeois qui se donnait à St.-Cloud. C'était un endroit que madame Clairon desirait connaître depuis long-temps, et quoiqu'elle fût grosse de sept mois, mon père eut la galanterie de lui offrir cette partie de plaisir. Elle y consentit. Chanterelle alla chercher sa femme. Pendant ce temps, madame Clairon mit sa belle robe verte damassée à grandes fleurs, et les deux ménages prirent la galiote. Ce serait là la place d'un voyage en forme, mais après le voyage de St.-Cloud par terre et par mer, il faut renoncer à en faire un plaisant. Je me hâterai donc, en dépit de la lenteur de leur voiture, de débarquer mes nouveaux *Tavernier* sur le rivage de Sèvres, aux frontières du parc de St.-Cloud. Mes économes parens et leur société s'étaient munis de provisions pour la journée; aussi l'on eût pu voir M. Clairon, portant au bout de sa canne un pâté enveloppé dans son mouchoir bleu et rouge; M. Chanterelle, son violon sous le bras et un gros saucisson sortant à moitié de la poche de son habit; Bastien, chargé d'un panier plein de pain et de cerises; et madame Chanterelle tenant à la main une petite bouteille d'osier qui renfermait le précieux rogome. Quant à madame Clairon, vu sa rotondité, elle était assez occupée de tenir, d'une main, son petit bichon en lesse, avec un ruban *rose passée*, et de l'autre sa canne à parasol.

Après s'être promené jusqu'à une heure, on parla de dîner. Comme des musiciens ne se passent pas de vin, on s'achemina vers un cabaret, où l'on commanda une salade; et l'on étala les comestibles sur une nappe assez blanche, pour n'avoir servi que trois semaines. Pendant que l'on mangea les premiers morceaux, le silence fut généralement observé, excepté par le petit Bastien, qui, en enfant bien élevé, demandait de tout à la fois, et criait quand on ne le contentait pas; ma mère criait après lui, Chanterelle criait après le garçon du cabaret qui le laissait manquer de vin, et le petit chien aboyait après une nuée de mendians qui assiégeait les tables : madame Chanterelle faisait les yeux doux à mon père, qui mangeait tranquillement sans s'occuper d'elle ni des autres.

Comme le bal ne devait commencer qu'à cinq heures, on eut

le temps, après le dîner, d'aller faire encore un tour de parc. Ils traversèrent la grande allée, passèrent devant les cascades qui ne jouaient pas ce jour-là, et montèrent par les fêtes flamandes jusques à l'avenue du *Mail*. Là, mon père et M. Chanterelle se mirent à jouer au petit palet, Bastien fit courir le chien après des pierres qu'il lui jeta, et les deux dames s'assirent sur l'herbe, après avoir soigneusement retroussé leurs robes.

Il faut convenir, dit à demi-voix madame Clairon à madame Chanterelle, que vous avez fait un mariage bien heureux. — Mais je crois que vous n'avez pas à vous plaindre du vôtre, répondit cette dernière. — Ah ! si c'était à recommencer, je ne prendrais certainement pas M. Clairon pour mari. — Il a pourtânt l'air d'un fort honnête homme. — Je ne vous dis pas non plus qu'il vole, nous serions plus riches que nous ne sommes. — Qui vous parle de voler? j'entends honnête homme dans son ménage. — Je ne m'en apperçois guères; parce qu'il y a huit ans que nous sommes mariés, il n'a pas la plus légère attention pour moi. — Oh ! l'amour ne peut pas toujours durer, mais l'amitié prend sa place, et pourvu qu'il soit fidèle... — Oui, pourvu, mais je suis bien sûre qu'il a des maîtresses. — J'en ai trois et vous deux, dit M. Clairon, en continuant sa partie. — Des maîtresses, dit madame Chanterelle, je le crois trop timide pour cela. — Eh! madame, il n'est pire eau que l'eau qui dort. — Un proverbe n'est pas une preuve. — Je l'ai vu une fois donner le bras à une petite mijaurée qui avait une bouche plus grande que la vôtre. — Il faut mesurer, dit M. Chanterelle, sur un coup indécis. — Bien obligée de la comparaison, dit madame Chanterelle. — Au moins vous avez de belles dents, reprit madame Clairon, cherchant à réparer sa sottise. — Vous avez les yeux bien rouges, observa malignement madame Chanterelle. — C'est le grand air. — Non, j'ai remarqué cela avant de sortir. — Attrape, dit l'enfant au petit chien, en faisant rouler une pierre. — Il n'est pas question de mes yeux, répliqua aigrement madame Clairon, mais de la mauvaise conduite de M. Clairon. — Ecoutez donc, ma voisine, croyez vous que M. Chanterelle ne fasse pas aussi quelques écarts? — Nous sommes quittes, s'écria joyeusement M. Clairon, en parlant de son jeu. — Mais, continua madame Chanterelle, je ferme les yeux là-dessus et nous vivons en paix. — Il faut que vous soyez d'une bonne pâte, ou que vous ayez vos raisons pour cela. — Pas d'autres que celles d'être tranquille et de lui faire aimer son ménage. — Je vous en fais mon compliment, mais je n'ai pas autant de patience. — Vous n'êtes pas au but, dit M. Chanterelle à son ami. — Si vous voulez, ma voisine, poursuivit madame Chanterelle, je vais vous indiquer un moyen infaillible pour ramener le bonheur dans votre maison. — Ah ! dites, ma chère voisine, je le suivrai de tout mon cœur. — Il dépend de vous. — Combien je vous aurai d'obligation ! dites vîte. — Vous ne vous fâcherez pas ? — Vous me connaissez bien mal, je ne vous en aimerai que davantage. — Eh bien, il faut adoucir votre humeur. (Ici madame Clairon fit une grimace effroyable.) Quand votre mari fera ce que vous appelez quelquefois trop promptement une sottise, continua madame Chanterelle, (sans faire semblant de s'appercevoir de la mine de madame Clairon,) je veux dire quand il reviendra un peu gris, montrez-lui plus de chagrin que de colère. Ce ne sont pas les criailleries qui ramènent les hommes, mais bien plutôt l'indulgence que l'on a pour leurs défauts. Ne desirons nous pas qu'ils en aient pour les nôtres? car il faut être justes, nous ne sommes pas parfaites. S'ils ont leurs fantaisies, n'avons-nous pas nos caprices? Usons sobrement de notre autorité, c'est le moyen de nous la conserver. Quand nos époux nous trouvent plus de prudence et de raison qu'eux, ils savent bien remettre leur liberté en dépôt entre nos mains, à moins qu'ils ne soient décidément mauvais sujets. Enfin, souvenez-vous que l'homme qui a la loi pour lui, consent bien à ployer, mais que nous ne pouvons jamais le faire rompre. — Que M. Clairon ploye ou rompe, ce ne sont plus mes affaires; vraiment, à vous entendre, ne faudrait-il pas céder à ces beaux museaux-là ! Ma foi, madame, vous prêchez très-bien, je ne doute pas qu'on ne vous demande à votre paroisse pour faire les sermons du carême, mais vous ne me convertirez pas; laissez-vous mener, brider, battre même par votre mari pour conserver la paix dans votre ménage, à vous permis; pour moi, il ne sera pas dit qu'un homme sera mon maître, et si cela ne convient pas à M. Clairon, il n'aura qu'à se pourvoir ailleurs. Ventrebleu ! je vous trouve bien plaisante de vouloir me donner des conseils, de blâmer mon humeur; mon humeur me convient, et il n'appartient à personne de la trouver mauvaise. S'il faut vous en croire, je suis donc une criarde, une femme avec qui personne ne peut vivre? C'est une grande calomnie; moi, qui suis la patience et la douceur même. Allez, ma chère, vous déraisonnez, et si je n'étais pas votre amie, je vous dirais que vous êtes une impertinente de vous mêler des affaires des autres. — Vous m'aviez promis, ma chère amie, de ne pas vous fâcher. — Mais le moyen, *ma chère amie*, puisque *chère amie* il y a, d'entendre tranquillement des propos insultans? — C'est vous qui répondez pardes injures à d'excellentes raisons. — Je vous dis des vérités ; au surplus je ne suis pas en colère, je crois? Bastien! voulez-vous venir ici, gredin ? vous ne direz pas que j'ai de l'humeur ? Bastien ! voyez si ce petit scélérat me répondra ? —Non, vous n'avez pas d'humeur, mais voilà Bastien, un enfant, qui est un gredin et un scélérat parce qu'il ne vous répond pas assez vîte, et parce que vous n'avez pas d'humeur! Vous sentez bien peu la valeur de ce que vous dites. — Et vous, vous feriez bien mieux de ne pas m'échauffer les oreilles d'un tas de balivernes que j'ai été trop bonne d'écouter jusqu'au bout.

Ici les deux dames se levèrent fort émues ; Bastien, qui revenait en se dandinant, reçut une paire de soufflets, pour témoignage de la douceur de madame sa mère : le petit chien, plus prudent, ne se laissa pas attraper; et les deux maris qui s'approchaient pour s'informer du sujet de la dispute, essuyèrent, de la part de madame Clairon, une bordée d'injures auxquelles ils ne comprirent rien, ce qui fit que M. Clairon dit très-sensément à sa femme : Madame Clairon, vous vous fâchez, donc vous avez tort.

L'heure du bal sonna, et nos deux musiciens se rendirent à leur poste. Leurs femmes les suivirent sans se regarder et sans ouvrir la bouche : cependant l'on entendait de temps en temps madame Clairon répéter entre ses dents : — L'impertinente ! me donner des conseils !

On dansait en plein air, à cause de la chaleur; cette musique champêtre et joyeuse, la gaîté de toute cette société villageoise, l'air gauche des danseurs, les prétentions risibles de quelques-uns, les jolis minois de leurs compagnes, tout cela était plus que suffisant pour divertir toute autre femme que madame Clairon; mais outre que son ame grossière ne fut jamais capable d'éprouver aucune sensation délicate de joie ou de sensibilité, elle était alors trop ulcérée contre madame Chanterelle pour se laisser distraire par d'autres idées.

Tout-à-coup un vent brûlant s'élève et pousse devant lui des tourbillons de poussière ; des éclairs fréquens annoncent un violent orage. Le tonnerre encore éloigné se fait entendre sourdement. Cependant le bal continue ; mais madame Clairon qui joint à toutes ses belles qualités la faiblesse d'avoir peur d'un orage (comme si sa conscience voulait l'avertir que l'on mérite d'être puni lorsque l'on fait souvent du mal et jamais de bien), madame Clairon, dis-je, se couvre le visage de ses deux mains et jette des cris effroyables ; en vain l'on emploie les raisonnemens les plus persuasifs pour la rassurer, elle n'y répond que par des injures et redouble ses glapissemens. Aussitôt un éclair éblouissant sillonne la nue ; il est suivi d'un grand coup de tonnerre accompagné d'éclats que répétent tous les échos du parc. Spectateurs et danseurs se dispersent ; l'orchestre même, forcé de céder à la voix plus imposante de la tempête, a quitté sa place : il n'est resté auprès de madame Clairon, que l'explosion a précipitée à terre, que la compatissante madame Chanterelle. Enfin le calme se rétablit ; M. Clairon cherche et trouve sa femme qui commençait à reprendre connaissance ; il la retrouve, mais avec elle que trouve-t-il encore ?

Muse des romanciers, brillante et fertile imagination, toi qui, dans tous les pays et dans tous les siècles, eut plus de prosélytes que les Neuf chastes Sœurs ; Divinité d'un second Parnasse, non moins habité que celui où préside Apollon, prends ma plume et peins à mes lecteurs, si cette tâche n'est pas au-dessus de ta divine essence, l'étonnement indicible où se trouva la première Clarinette du régiment des Gardes Françaises, lorsqu'il entendit succéder dans son oreille au bruit épouvantable de la foudre, les faibles vagissemens d'un nouvel héritier que madame Chanterelle, sage-femme par circonstance, venait de recevoir à son entrée dans dans ce meilleur des mondes ! Ce fruit précoce, qu'il n'attendait que dans deux mois, fit couler de ses yeux attendris des larmes paternelles. — C'est encore un garçon que le ciel nous envoie, ma chère femme. — Que le diable l'emporte !

s'écria madame Clairon du reste de ses forces. (Douce bénédiction maternelle !) La belle place pour accoucher ! — Heureusement l'orage était sec. — Belle consolation ! à deux lieues de chez moi. — Vous n'y retournerez pas ce soir. — Que je suis malheureuse ! — Pas tant : vous vous portez à merveille, et voilà, par votre accident, deux mois de grossesse d'épargnés. — Vous m'impatientez avec votre air tranquille.

Cette conversation fut interrompue par un événement assez heureux. Parmi les témoins de la délivrance inopinée de ma mère, se trouvaient les maîtres de la maison où se donnait le bal, bourgeois obligeans, qui proposèrent affectueusement à ma mère un gîte chez eux, jusqu'à son rétablissement. Mon père, en acceptant cette offre généreuse, les remercia, pour lui et pour sa femme, de leur humanité. On transporta donc madame Clairon et moi, nouveau-né, dans une chambre à la fois élégante et commode, où l'on s'empressa de nous porter à tous deux les soins les plus attentifs. Ces hôtes aimables n'eurent pas plutôt appris l'état et la position de mon père, qu'ils se chargèrent de me servir de parrain et de marraine et de me faire nourrir, à St.-Cloud, à leurs frais. Ils étaient d'une très-bonne famille, fort riches, et n'avaient pour héritier qu'un neveu, lieutenant aux Gardes Françaises, où il était fort aimé; et c'est ce qui les faisait s'intéresser encore plus à mon père. On me trouva donc une fort bonne nourrice, dès le lendemain; le baptême se fit avec un certain éclat, ce qui fit dire à M. Clairon que *malheur est bon à quelque chose;* et sa femme, un peu radoucie par la générosité et les bons soins de ses protecteurs, n'osa pas le contredire.

CHAPITRE

CHAPITRE III.

Le Rêve, digression.

LORSQU'IL écrivait son année 2440, Mercier, le néologiste, rêvait. Lorsqu'il donnait au public son inextricable Contrat Social, le farouche et ombrageux Rousseau rêvait. Le bon abbé de St.-Pierre rêvait aussi lorsqu'il concevait son projet de la paix universelle. Certes, la nature sommeillait bien fortement chez le divin Platon, quand il composait son Traité de l'Amour purement contemplatif et dégagé des plaisirs des sens. Tout, au reste, dans cette vie, et la vie elle-même, qu'est-ce autre chose qu'un songe plus ou moins agité? paré de couleurs plus ou moins riantes? Pour moi, je ne me crois jamais véritablement éveillé dans ce monde, que lorsque je jouis de quelques momens heureux; je mets tous les chagrins, toutes les contrariétés, les malheurs même, au nombre de ces rêves pénibles, dont il ne reste plus qu'une faible trace quand la nuit fuit devant la lumière. La consolante espérance est pour moi le soleil bienfaisant qui dissipe les fantômes effrayans qu'enfantent les ténèbres de l'adversité; elle éclaire toujours la perspective d'un meilleur avenir, et m'empêche d'être tout-à-fait malheureux au sein de l'infortune, qui m'atteint souvent, mais ne m'abat jamais.

C'était en cherchant dans mon imagination des matériaux pour composer mon troisième chapitre, que je faisais ces réflexions. Je venais de me coucher et je m'endormis sur mes idées (permis à mes lecteurs, si j'ai le bonheur d'en avoir, d'en faire autant), et je fis le rêve suivant.

Je me crus transporté sur une fort belle place à quelque distance de Paris. Au bout d'une longue avenue, plantée de très-beaux arbres, s'élevait majestueusement un immense édifice, d'une architecture aussi simple qu'élégante. Je m'en approchai, et lus sur le frontispice de marbre noir ces mots, écrits en lettres d'or :

HOSPICE DES AUTEURS.

Sur l'aile droite du bâtiment était cette inscription :

ICI L'HOMME DE LETTRES
VIT DE SES OUVRAGES.

Et sur la gauche cette autre :

AUX MUSES
LA LIBRAIRIE RECONNAISSANTE.

Je m'avançai vers l'entrée principale de ce nouvel asile des talens. Le concierge, qui me parut à l'abord homme de mérite, me proposa de me faire voir cet établissement dans tous ses détails. J'acceptai avec reconnaissance. « Monsieur, me dit-il, avant » de vous faire parcourir les diffé- » rentes parties de cette utile et bien- » faisante fondation, il est nécessaire » que je vous en fasse connaître l'o- » rigine et les principes fondamen- » taux. » Je lui répondis que j'étais prêt à l'entendre. « Les trois inscrip» tions, poursuivit-il, que vous avez » sans doute lues sur la façade exté» rieure, ont dû vous faire deviner » d'avance que cette maison est con» sacrée à rendre heureux, pour la » vie, les écrivains de mérite, qui ne » sauraient trouver individuellement » dans le monde un sort aussi agréa» ble que celui dont ils jouissent réu» nis ici. Une société de libraires hon» nêtes (*car il y en a*) et reconnais» sante envers les hommes de génie, » par les ouvrages desquels ils ont » fait fortune, a cru ne pouvoir » mieux s'acquitter envers eux, « qu'en les mettant pour jamais à l'a» bri des besoins de la vie. En con» séquence, joignant à leurs pro» pres fonds ceux que lui fournirent

» le gouvernement et d'illustres Mé-
» cènes, jaloux d'encourager cette
» illustre entreprise, ils achetèrent
» ce vaste terrain, et sur les dessins
» d'architectes intelligens, ils firent
» construire cet hospice, qu'ils vou-
» laient d'abord nommer *Collège
» des Muses*; mais à la presqu'una-
» nimité des AUTEURS, qui voulurent
» que le titre de l'édifice rappelât le
» bienfait, le nom d'*Hospice* lui fut
» conservé. Maintenant, monsieur,
» si vous voulez me suivre, je vous fe-
» rai connaître les distributions de ce
» local, leur usage, et les réglemens
» relatifs à l'institution. »

Alors il me fit traverser une superbe cour, circulairement ombragée d'une double rangée de tilleuls, et autour de laquelle régnait un fort beau corridor, servant de promenade lorsqu'il faisait mauvais temps. Nous montâmes par un grand escalier aux logemens particuliers des pensionnaires. Je fus enchanté de leur distribution et de l'élégance de leurs ameublemens. Chaque cellule, composée d'une chambre à coucher et d'un cabinet de travail, était décorée aux frais de la maison, mais selon le goût de celui qui l'habitait, ce qui en avait écarté la monotonie. Ma paresse et Boileau * me défendent de les décrire toutes; mais on en peut juger quand on saura que je devi-

* Un auteur quelquefois trop plein de son objet,
Jamais sans l'épuiser n'abandonne un sujet;
S'il rencontre un palais, il m'en dépeint la face...

BOILEAU, *Art poétique*, Chant premier.

nai où logeait un historien, un astronome, un poète tragique, un auteur comique, un vaudevilliste enfin. Les nuances de ces différens talens se faisaient appercevoir dans le choix des tableaux, des bustes, et autres ornemens. Les bibliothèques particulières, quoiqu'il y en eût une commune pour l'établissement, en disaient assez. Sur chaque porte était gravé, sur une plaque de cuivre, le nom de l'auteur à qui appartenait la chambre. Je lus celui de *Lalande*, fameux astronome, à qui l'on pardonne bien des rêveries en faveur de son âge et de son mérite, et qui, d'ailleurs, ne force personne d'adopter ni ses almanachs, ni son systême absurde d'athéisme. On l'entendait se fâcher contre un domestique soigneux qui chassait les araignées de son logis. *Bernardin-de-St.-Pierre* y terminait paisiblement sa carrière philosophique, en méditant un nouveau roman aussi attachant que Paul et Virginie. *Volney* posait les bases de sa réputation sur les ruines du monde. *Lantier* faisait parcourir de nouveaux climats à son Anténor. *Delille* polissait son poëme de l'Imagination. *Ducis* s'enflammant encore devant l'image de Shakespear, donnait des conseils à l'aimable auteur de la Mort d'Abel et du Mérite des Femmes. Plus loin *Picard* consolait *Collin-d'Harleville*, *Andrieux* et *Cailhava* de l'ingratitude des comédiens Français. Dans un autre corps de logis, *Pigault-Lebrun* riait tout seul aux éclats en écrivant de gaillardes aventures. *Darnaud-Baculard*, dans la cellule à côté, gémissait sur des malheurs imaginaires qu'il retraçait au public. *Ducray Duminil* présentait timidement à tout venant l'intéressant, le très-intéressant, l'excessivement intéressant héros d'une nouvelle historiette. *Madame de Genlis et Fiévée* continuaient la Bibliothèque des Romans : ils étaient aidés par le bon *Desfontaines*, qui aurait dû quitter à quarante ans le trop ingambe Vaudeville. Ce malin enfant du plaisir voyait ses sujets réunis dans un petit pavillon, dont l'élégance et la légéreté caractérisaient parfaitement le genre de leurs travaux. Là, respirait enfin *Barré*, arraché presque malgré lui à la cupidité et à l'avarice de certains financiers, et rendu à ses habitudes bienfaisantes. Il donnait le bras à *Piis*, qui, redevenu secrétaire de Momus, fredonnait encore les hymnes de ce dieu caustique et joyeux. *Radet* prêtait, entre les mains d'*Armand-Gouffé*, le serment de ne plus rien emprunter à sa bibliothèque. C'était devant le buste de *Pannard* que se faisait cette grave cérémonie, et l'on croyait lire dans les regards de ce père des chansonniers, les encouragemens qu'il prodiguait à *Gouffé*, son aimable éditeur, et les reproches qu'il adressait à *Radet* d'avoir copié de bons auteurs, tandis qu'il était assez riche de son propre fonds.

Nous fîmes ensuite un tour de jardin. Il me parut fort bien ordonné et coupé tantôt par de belles allées couvertes, tantôt par d'agréables bosquets. Ceux-ci étaient décorés de statues des plus fameux auteurs français qui n'existent plus. L'un était consacré à Corneille et à Racine; l'autre, à Molière et à Regnard : celui-là, à Descartes; cet autre, à Rollin et à l'abbé Vertot. Boileau, La Fontaine, G. Bernard, Voltaire, J. B. Rousseau et Gresset avaient aussi leur place dans ces lieux enchanteurs. Plus loin, on rencontrait Piron, Favart, Chaulieu, la Farre, Bertin, Collé, Dufresny ; ils semblaient présidés par Anacréon, Ovide et Tibule. C'était dans ces délicieux bosquets que chaque auteur venait rêver en se pénétrant du génie qui avait jadis inspiré d'aussi illustres modèles.

Enfin nous arrivâmes dans la salle des repas, dont l'abondance, la délicatesse et la propreté faisaient les frais. Elle était décorée de peintures charmantes, analogues à son usage. De jolies tables rondes d'acajou réunissaient les convives quatre par quatre. Je priai mon guide de m'expliquer comment les fondateurs pouvaient soutenir une aussi forte dépense.— « Par les ouvrages » que chacun des auteurs compose » chaque année. Car, malgré qu'ils » ne soient pas obligés de résider ici, » il en est peu qui ne préfèrent la tran» quillité de ce séjour à la dissipa-

» tion du grand monde ; ils n'y vont
» même que comme les abeilles cou-
» rent les bosquets pour y recueillir
» le butin dont elles reviennent en-
» suite composer leur miel dans l'ha-
» bitation commune. Le produit de
» ces divers travaux forme des fonds
» plus que suffisans à l'entretien de
» l'établissement qui, par une sage
» économie, ne saurait manquer de
» sitôt. » J'applaudis à la simplicité
et à l'utilité générale de ce moyen.
Mais, lui demandai-je encore, quelles sont les conditions pour être admis? « De la moralité, de la sociabi-
» lité et de l'esprit. On ne refuse que
» les écrivains sans frein et sans pu-
» deur ; ceux qui sont jaloux de tous
» les autres, et ceux qui, malgré leur
» rage d'écrire, n'ayant reçu de la na-

» ture et de l'éducation aucun
» moyen de concourir à l'avantage
» de la société, ne pourraient que lui
» être à charge. »

On se mit à table. Quelques auteurs de ma connaissance m'offrirent une place auprès d'eux. Je refusai d'abord, ne me croyant pas digne de dîner avec des personnes de leur mérite; mais, enfin, j'acceptai à titre d'étranger. Que l'on juge de ma surprise lorsque j'apperçus, au nombre de ceux qui nous servaient, plusieurs journalistes, parmi lesquels je reconnus *Geoffroi*. Je demandai à mon voisin ce que signifiait cette plaisanterie.—« Les réputations et les fortu-
» nes sont sujettes à de fâcheuses ré-
» volutions, quand elles n'ont point

» de bases solides et de sources bien » pures, me répondit-il : *Geoffroy* » vous en offre un triste exemple. » Le bien qu'il avait amassé, en com- » posant un feuilleton éphémère, » dans lequel il déchirait à tort et à » travers les gens de mérite et les » sots, lui a été ravi d'un coup de filet » par des fripons, chez lesquels il » avait tout placé. N'ayant plus de » ressource, car il est passé de mode, » il s'est présenté ici, sa traduction » de *Théocrite* à la main; c'était une » fort mauvaise recommandation, et « il allait être refusé lorsqu'un des » administrateurs, aussi charitable » que malin, proposa de lui donner » la place de garçon de table. Il fal- » lait vivre, il accepta. On espère » même que d'ici à quelques années,

» abjurant ses anciennes erreurs, il
» pourra venir à bout de composer
» quelque chose de meilleur qu'un
» feuilleton, que sa traduction et
» que des tragédies de collége. C'est
» dans cette vue que tout le monde
» le traite ici avec beaucoup de dou-
» ceur et sans rancune. Il est d'ail-
» leurs assez puni par sa situation et
» par le chagrin qu'il a d'entendre
» chanter tous les jours les louanges
» de *Voltaire*, dont il lui est expres-
» sément défendu de parler ni en
» bien ni en mal. Quant à ses confrè-
» res, comme ils n'ont rien de com-
» mun avec lui que le titre de follicu-
» laires, il y a toute apparence qu'ils
» ne monteront jamais en grade;
» mais du moins, ici, sont-ils sûrs de
» ne pas mourir de faim. »

Allons, m'écriai-je, *à quelque chose malheur est bon*. En finissant ces mots, je fus réveillé par le bruit que l'on faisait à ma porte. C'était le portier qui m'apportait le Journal de l'Empire; je vis alors que je n'avais fait qu'un rêve.

CHAPITRE IV.

La Maison brûlée.

Il n'est pas difficile de deviner que M. et madame Clairon n'étaient rien moins que des bourgeois aisés. Cependant, ils étaient propriétaires, par héritage paternel, d'une mauvaise bicoque, qu'ils appelaient fastueusement leur maison, située rue des Fossoyeurs, faubourg St.-Germain. Ce palais somptueux était composé de deux étages et d'un grenier : chaque chambre n'était éclairée que par une croisée. La boutique était occupée par un chaudronnier, ennemi juré du repos de tout le voisinage. Au premier, demeurait un honnête *chré-tien-juif*, qui prêtait à la petite semaine, sur le modique intérêt d'un sou par petit écu, pour chaque jour. Mes parens habitaient le second, et le grenier servait de salon de compagnie aux rats et aux souris en l'absence des chats. Quelque gêné que se fût trouvé M. Clairon dans différentes circonstances, il n'avait jamais cédé aux sollicitations que lui faisait sa femme de vendre cette masure, parce que le prix qu'il en aurait retiré ne l'aurait pas dédommagé, même pour trois années, des loyers qu'il aurait fallu payer ailleurs ; ajoutez à cela, le regret de ne pouvoir plus dire avec emphase : *ma maison, mes locataires ;* ce qui lui donnait un très-grand relief auprès de ses camarades qui n'avaient pas, comme lui, le bonheur d'être propriétaires.

Madame Clairon, après avoir passé un mois à se rétablir dans la maison de M. et de madame Saint-Bon (c'était le nom des bourgeois de St.-Cloud qui avaient généreusement recueilli ma mère dans ses couches, et m'avaient tenu sur les fonts de baptême); madame Clairon, dis-je, était revenue chez elle depuis deux jours. La douloureuse comparaison qu'elle fit, de son humble logement avec la chambre élégante qu'elle venait de quitter, la dégoûta plus que jamais de sa propriété de la rue des Fossoyeurs. Elle fatigua tant mon père de ses plaintes, qu'il résolut d'aller le lendemain chez un notaire, pour tâcher, quoiqu'à regret, de se dessaisir le plus avantageusement possible du manoir qui l'avait vu naître. Il avait demandé jusqu'au surlendemain, afin d'avoir un jour pour réfléchir et se décider.

Retard fortuné ! délai précieux ! combien cet exemple de la prudence de mon père, devrait apprendre aux hommes à ne rien précipiter ! C'est à cette vertu, que Fabius, fameux général Romain, dut toute sa gloire ; par elle, le grand Henri fit la conquête de son brillant et légitime héritage, en forçant Paris à se rendre par famine, plutôt que de l'emporter d'assaut, malgré les bouillans conseils de sa brave noblesse. N'est-ce pas à la science d'attendre, que nous sommes redevables de l'Iliade, qu'Homère n'eût pas conçue, si les Grecs, qui pouvaient entrer vainqueurs dans Troie, en moins de six mois, n'eussent pas fourni à ce prince des poètes dix années d'illustres hauts faits? Trop impatient Achille, tu ne vis point tomber les murs de Pergame! Cette gloire fut réservée à ton fils, par la prudence et le sang-froid d'Ulysse. Mais, sans mettre l'histoire à contribution pour démontrer l'utilité de l'art de temporiser, de combien d'excellens ouvrages ne serions-nous pas privés, si l'on allait toujours droit au but? Si l'on prenait tout de suite les romans par la queue, Artamène, Clélie, vous n'existeriez pas, ou les deux Scudéry, renonçant à tout l'étalage des beaux sentimens, auraient réduit votre très-véridique histoire aux bornes étroites d'un fabliau, ou d'un conte de fées. Et toi, illustre Céladon! personnage essentiel de l'Astrée! production immortelle d'un gentilhomme Lyonnais! serais-tu aujourd'hui le modèle et le patron de tant de fades soupirans, si Durfé, ton créateur, n'eût entremêlé tes aventures d'une quantité innombrable d'autres aventures qui se croisent les unes les autres, et dont la narration, interrompue à toutes les dix pages, suspend, d'une manière si piquante, les dénouemens principaux et accessoires, à l'époque la plus intéressante du récit?

Je dois ici prévenir mon lecteur, impatient,

impatient sans doute de voir la fin de ce chapitre, que je n'ai écrit la kyrielle de réflexions ci-dessus, que pour me conformer aux préceptes salutaires qu'ils renferment, et suivre pied à pied les leçons de mes premiers maîtres dans l'art de conter. Quelques écrivains, dans leur humble préface, invitent le public à sauter à pieds joints par dessus les digressions qu'ils se permettent dans leurs ouvrages ; moi, au contraire, je soutiens qu'il faut lire les miennes, parce qu'elles sont bonnes, et toujours amenées à propos. Tel est mon sentiment, et j'ai trop de modestie pour ne pas le publier. Mais, revenons à notre histoire véritable ou vraisemblable.

Mon père était revenu de chez

son notaire, le surlendemain de l'arrêt rendu par son impérieuse moitié; il avait trouvé un acquéreur, et le jour suivant, à neuf heures du matin, il devait signer l'acte fatal qui le dépouillait du titre de propriétaire. Ceux qui ont du goût pour les antithèses peuvent se figurer, d'une part, les regrets de mon père en abandonnant le berceau de ses ancêtres, et de l'autre, la joie de madame Clairon, occasionnée par l'espoir d'aller loger dans un quartier plus élégant, et d'échanger, avec le prix de cette misérable bicoque, ses meubles vermoulus et sa garde-robe antique, contre des ajustemens et des siéges à la *grecque*. Tous deux couchés depuis deux ou trois heures, faisaient des songes analogues à leurs dispositions respectives. Déjà l'aurore aux doigts de rose s'apprêtait à ouvrir les portes du palais de l'astre radieux dont les rayons lumineux échauffent le sein de la terre qui... enfin, il était quatre heures moins un quart, lorsque tout-à-coup on entend une voix effroyable pousser cet horrible cri : *Au feu ! au feu ! au feu !* Quelques jeunes habitans et habitantes de la rue des Fossoyeurs, que la chaleur, les punaises, ou quelqu'autre raison plus agréable empêchait de dormir, se mettent précipitamment à leurs fenêtres. A la vue des flammes qui couronnaient déjà le toit du domaine de mon père, ils joignent leurs cris lamentables à ceux qui les avaient avertis. Mon père et sa douce amie, réveillés en sursaut par ce bruit inattendu, ouvrent des yeux qu'un nuage épais de fumée leur fait refermer promptement. Certains du désastre qui les entoure, ils prennent sans délibérer le parti de la fuite ; ma mère, en chemise, et n'ayant qu'une savate ; et mon père, sa clarinette d'une main et Bastien sous son bras. Le chien les suivit en poussant des hurlemens ; et le chat, effrayé, s'élança de la fenêtre sur un balcon de la maison en face.

Qui pourra décrire, peindre, retracer, détailler le désordre, le fracas, le tumulte, le brouhaha causé par cet incendie, le plus mémorable depuis celui de Troie? Quelle plume assez exercée fera passer jusqu'à la postérité la plus reculée, le souvenir de cette nuit fatale où la rue des Fossoyeurs se vit toute entière sur le penchant de sa ruine? Toi seul, *Pigault-Lebrun!* tu pourrais apprendre à nos derniers neveux, comment la boulangère, la bouchère, la perruquière, la lingère; la parfumeuse, la brodeuse, la blanchisseuse, la repasseuse; l'ébéniste, la modiste, la lampiste, la fumiste parurent au milieu du ruisseau :

» Dans le simple appareil
» D'une beauté qu'on vient d'arracher au sommeil.

RACINE, *dans Britannicus.*

Tu dirais les efforts courageux des pompiers et des porteurs d'eau du quartier. Ton stylet satirique marquerait au front ces lâches et égoïstes passans qui se détournent, avec rapidité, du théâtre de ce funeste événement, pour se dispenser d'y porter des secours; ces voleurs stupéfaits de n'appercevoir qu'une misérable masure qui n'offre aucune ressource à leur empressement intéressé; ce détachement du guet à pied, qui n'arrive qu'une demi-heure après avoir été averti, quoiqu'il eût pu s'y rendre en trois minutes. Tu dirais... Eh! que ne dirais-tu pas, pour allonger gaîment ton récit, et fournir à ton libraire une ou deux feuilles de plus? Pour moi, qui n'ai pas ton heureuse fécondité, ni ta facilité joyeuse, je me bornerai à présenter à mon lecteur l'esquisse de la frayeur hagarde et criarde des bavardes; les juremens et les blasphêmes de ceux qu'elles gênaient dans les secours qu'ils s'efforçaient de porter ; les conseils ridicules des vieux rentiers et des impassibles marchands, qui regardaient tranquillement le feu à leurs fenêtres, ou, les bras croisés, sur le pas de leur boutique : le désespoir infructueux de ma mère, et la résignation muette de mon père, qui travaillait avec les autres.

On parvint cependant à sauver la moitié de la maison, aux dépens de l'autre. Il y avait plus de deux heures que l'incendie était éteint, et les commères, sans jupons ni fichus, causaient encore, assemblées devant les ruines de la nouvelle Pergame ; enfin, l'arrivée de la laitière et les rires immodérés de quelques jeunes gens, que la débauche avait fait veiller, et qui trouvaient très-plaisante cette réunion de gorges de tout âge exposées au grand jour, les avertirent qu'il était temps, pour beaucoup d'entr'elles, de songer

« A réparer des ans l'irréparable outrage. »

RACINE, *dans Athalie.*

Dans cette fameuse retraite, comparable à celle des dix mille, les amateurs observèrent que les femmes les plus jeunes furent les dernières à rentrer, afin de soutenir courageusement le choc en cas d'attaque : à la vérité, les maris jaloux en murmurèrent ; mais aussi, cette belle action ne leur en valut que plus d'éloges de la part des désintéressés.

Après avoir, non sans peine,

amené mon lecteur à la fin de cette fatigante narration, je l'entends me faire deux importantes questions. Quel avantage M. Clairon retirera-t-il de l'événement dont il vient d'être victime? c'est ce que le chapitre suivant lui apprendra peut-être.

Deuxième question. En coupant ce chapitre en deux, comment amènerez-vous, à la fin de cette première partie, votre refrain consolant: *Malheur est bon à quelque chose*, ou *A quelque chose malheur est bon?* car vous êtes si peu méthodique, que vous transposez souvent les membres de cette phrase. Il serait aisé de répondre à cette seconde interrogation en disant que la première réponse peut suffire à deux chapitres, puisqu'il ne s'y agit que d'un même événement ; mais je ne veux pas que mon questionneur compte pour rien la belle description que je lui ai faite : car, si je n'avais pas imaginé un incendie, il n'aurait pas joui des superbes détails que je lui ai offerts. Une seconde raison, pour répéter mon proverbe, c'est l'instruction que l'on peut retirer de la cause de cet incendie. Ceci demande une courte explication, et je vais la donner telle que je la tiens d'un membre de l'Observatoire, témoin oculaire par le moyen de son télescope.

Des enfans espiègles ou méchans, ennuyés du sabbat que faisait, pendant leur sommeil, un gros chat noir, et l'imagination remplie de la belle action de Samson, qui, pour ruiner les Philistins, attacha des faisceaux de paille enflammée à la queue d'une centaine ou d'un millier de renards, qu'il lâcha ensuite dans leurs champs couverts d'épis, crurent que, pour se défaire à jamais de l'importun matou, sans le tuer, il fallait l'engager chaudement à ne plus remettre les pattes dans leur maison. En conséquence, s'étant saisis de l'insupportable miauleur, ils lui attachèrent, à la queue et sous le ventre, une demi-douzaine de fusées auxquelles ils mirent le feu en le lâchant sur le toit. Le chat, moins aguerri que le cheval de Franconi, courut de comble en comble sans savoir où donner de la tête. Il entra dans le grenier de mon père, et se roula sur de vieilles paillasses non encore vidées. La poudre avait bien fini de produire son effet, mais le carton des fusées, étant encore tout en braise, avait mis le feu à la paille, la paille aux poutres, les poutres à la couverture de la maison. Et voilà comment *à quelque chose malheur est bon*, puisque ceci doit apprendre aux pères et mères à défendre à leurs enfans d'acheter des fusées, et, sur-tout, d'en attacher à la queue des chats, de telle couleur qu'ils soient.

CHAPITRE V.

Le château en Espagne,

OU

Ma fortune est faite.

Le Roi des souhaits est, dit-on, mort à l'hôpital. Ce proverbe n'est point encourageant pour les faiseurs de vœux; mais cependant tout le monde desire, depuis le pauvre écrivain, qui ne vit que de ce qu'un libraire veut bien lui donner à tant la feuille, jusqu'à l'homme qui jouit de cent mille écus de rentes. Ah! dit un commis, que ne suis-je chef de bureau! Ah! dit le chef de bureau, que ne suis-je ministre! Plus d'un Tribun voudrait être conseiller d'état; celui-ci aspire au sénat, cet autre à une ambassade.

Dès ma grande jeunesse, je desirais l'opulence, et j'ai trouvé, plus d'une fois, fort injuste que le ciel ne m'aît pas fait naître comme tant d'autres privilégiés avec un rang et des richesses, sans me donner la peine de les acquérir. Mais la révolution m'a fait connaître la vanité et le danger de ces hochets. « Plus on est élevé, plus la chute est terrible. »

D'ailleurs, j'ai vu les Grands et les riches face à face. Celui-ci bâillait dans son carrosse à six chevaux, dans ses salons somptueusement meublés, dans ses loges à tous les spectacles. Celui-là ne savait plus quel plaisir inventer pour se distraire; quelle femme nouvelle acheter pour réveiller ses sens usés ou amortis ; quelle nouvelle extravagance imaginer pour se délester de son or. Un autre était tellement blasé par les plaisirs de la table, qu'il portait envie à l'indigent que le besoin accablait. « *Tu es bienheureux d'avoir faim*, » lui disait-il. La plupart n'ayant fait d'études que pour la forme, ne connaissaient pas les délices que procurent le commerce des gens instruits, et l'application à la culture des belles-lettres. Beaucoup d'entre eux, nés avec de l'insensibilité, ignoraient le bonheur de la bienfaisance. Vieux avant l'âge mûr, par l'habitude des plaisirs et par l'abus des jouissances, il ne leur restait aucune ressource contre l'ennui et les dégoûts. Il y avait quelques exceptions honorables, sans doute, mais si rares, que les gens vicieux, et c'est le plus grand nombre, les tournaient en ridicule.

Halte-là ! je m'apperçois que je tombe dans la morale. Quoique son domaine soit très-étendu dans le pays des chimères, encore ne faut-il pas fatiguer mon lecteur, en lui faisant parcourir des climats, où il pourra bien faire des excursions sans me prendre pour guide. Hébergeons le plutôt dans le *château en Espagne*, que je bâtissais il y a quelques jours, en promenant mon inoccupation sur le Boulevard du Mont-Parnasse.

C'était dans les premiers beaux jours de mars, à cette époque délicieuse à tout âge, où la nature, sortant de son engourdissement, promet souvent plus de bien qu'elle n'en accorde. D'autres, plus éloquens, ont peint avant moi, et peindront encore après moi, le feuillage naissant, le rossignol ranimant ses concerts, le retour du zéphyr et des hirondelles, etc.... moi, je dirai tout simplement que le printemps console le pauvre des privations qu'il a éprouvées pendant l'hiver, qu'il ramène le rentier infirme vers les promenades, où les premiers rayons du soleil le réchauffent avec économie; qu'il développe les facultés physiques et morales des enfans; enfin, qu'il rallume l'imagination des artistes, et sur-tout de l'homme de lettres.

L'ame encore pleine des prodiges opérés en moins d'un mois par mon héros, par le Père de la France; j'évoquais en marchant les génies de Pindare, de Malherbe, de J.-B. Rousseau pour composer une Ode contre le lâche cabinet, qui stipendie des crimes qu'il n'a pas le courage d'exécuter lui-même. Déjà ma première strophe était faite, lorsqu'égaré dans mes rêveries, je me crus transporté au jour glorieux de la première distribution des grands prix que Napoléon a fondés, et qui doivent être décernés tous les dix ans à ceux qui se distingueront le plus dans les arts. « Homère ! Virgile ! poètes divins, » m'écriais-je, qui pourrait, à plus » juste titre, associer son nom à vo-

» tre renommée, que celui qui sau-
» rait dignement chanter un Héros
» qui efface tous les vôtres ? Oui,
» l'immortalité est promise à l'hom-
» me de génie, dont la muse peindra
» le courage, le sang-froid et l'hu-
» manité de Napoléon dans les com-
» bats, sa loyauté dans les traités, sa
» sagesse dans les conseils. Quelle
» plume essayera d'apprendre aux
» siècles futurs comment l'*Homme*
» du nôtre a mérité notre reconnais-
» sance et leur admiration? par com-
» bien d'incompréhensibles travaux,
» que son génie seul a pu concevoir
» et exécuter, il a relevé la France
» de ses ruines, et en a fait une Na-
» tion nouvelle, plus puissante, plus
» majestueuse qu'aucune de celles
» qui ont jamais existé? Eh bien,

» c'est moi, moi-même qui ai joint
» à la hardiesse de l'entreprendre,
» la gloire d'y réussir ! Entendez-
» vous ces applaudissements que
» me prodigue la Nation assemblée ?
» Voyez-vous cette couronne dont
» Bonaparte daigne lui-même cein-
» dre ma tête ? Observez la conte-
» nance jalouse et humiliée des ri-
» vaux de mon triomphe. O ma fem-
» me ! ô mes enfans ! qu'il est légi-
» time l'orgueil que vous montrez
» de m'appartenir, et qu'elle est
» douce et pure la jouissance que
» j'éprouve aujourd'hui de faire re-
» jaillir sur vous les bienfaits de mon
» souverain et l'estime de ma patrie!
» Désormais, ni trop loin ni trop
» près de la ville, j'habiterai l'heu-
» reux séjour des champs. Au sein

» d'une retraite élégante dans sa
» simplicité, modeste dans ses dé-
» pendances, je bénirai le ciel qui
» m'a fait naître en même temps
» que le sauveur de mon pays; j'ap-
» prendrai à mes enfans à l'aimer
» plus que leur père. Eux, ma
» femme, mes livres et peu d'amis
» seront mon unique société, et
» lorsqu'au bout d'une carrière se-
» mée d'honneurs mérités et de plai-
» sirs innocens, la mort viendra... »

Patatras ! ! ! ! le pied m'avait manqué an milieu de ma péroraison; je tombe dans un fossé et je me trouve le nez collé sur... vous sentez, cher lecteur, combien une pareille chute est désagréable pour un nouveau Pindare. Mais le croiriez vous? comme pour justifier le préjugé des bonnes femmes, qui prétendent que de tels cas portent bonheur; je trouve sur ce résultat d'une vigoureuse digestion un double louis et un billet de loterie qui portait un terne de 1100 et tant de livres. Encore tout imbu de mes idées de gloire, je me disais, plein de douleur; adieu palmes, lauriers, chants de triomphe;

» Adieu veau, vache, cochon, couvée.

LAFONTAINE.

Me voilà comme Perrette et messire Jean Chouart; mais lorsque je m'apperçus que le double louis n'était point de fabrique, et que le billet de loterie, malgré sa pollution, était payable à vue, car les numéros étaient sortis: Dieu fait bien ce qu'il fait, m'écriai-je; si je ne m'étais pas livré à mes rêveries poétiques, je ne serais pas tombé dans ce fossé; je ne suis plus, il est vrai, en assez bonne odeur pour me placer entre Homère et Virgile, mais enfin, *à quelque chose malheur est bon.*

CHAPITRE VI.

La trouvaille inattendue.

« Julie, dites à Lapierre de mon-
» ter me parler. Ensuite, vous irez
» chez la marchande de modes, rue
» de Grammont, pour qu'elle en-
» voie sa fille de magasin avec les
» chapeaux les plus nouveaux. Di-
» tes aussi au précepteur de mon
» fils que j'ai des lettres à lui faire
» écrire ; qu'il vienne prendre le
» chocolat avec moi. Un moment
» donc ; vous êtes bien prompte
» quand il s'agit du précepteur. Ne
» restez pas dans sa chambre aussi
» long-temps qu'hier matin ; j'avais
» beau vous sonner et vous resson-
ner,

» ner, vous ne descendiez pas; je
» n'aime pas qu'une femme-de-
» chambre reste à causer avec un
» précepteur.—Madame, c'est que
» je m'instruis quand il me parle.—
» Vous vous instruisez! Eh! que vous
» montre-t-il donc? — Quelques
» parties d'Histoire naturelle. —
» De l'Histoire naturelle! je serais
» curieuse de voir cela. Et à quoi
» cela vous servira-t il?—Madame,
» c'est pour apprendre à mieux bro-
» der les papillons et les fleurs. —
» Laissons toutes ces babioles, et
» songez plutôt à faire ce que je vous
» ordonne. N'oubliez pas non plus
» de passer au Palais-Royal, chez
» Quiclet; vous lui demanderez si
» mon diadême est prêt. »

J'entends mon questionneur ordinaire s'écrier : Quel rapport a donc cette petite maîtresse et sa femme-de-chambre, avec la suite de votre épopée? A quoi bon présenter ainsi de nouveaux personnages avant d'avoir terminé l'histoire des anciens? Ici, je dois excuser l'humeur de mon critique, aussi infatigable que Geoffroy : mais d'un seul mot je vais lui fermer la bouche. Cette petite maîtresse, si absolue, si impertinente, c'est madame Clairon ! — Madame Clairon ! c'est impossible ! — Elle-même, monsieur l'incrédule. — Madame Clairon, qui avait un ton et un style si trivial! Madame Clairon, qu'un incendie vient de ruiner ! — Justement; c'est ce qui a changé son ton, son style et sa fortune. — Mais expliquez-moi donc.... — Oh ! un instant, vous êtes trop pressé. Je prétends faire un gros volume de cette histoire véritable ; et ces longueurs, qui vous taquinent, sont nécessaires au but que je me propose.

Apprenez donc, Monsieur le curieux, que ce fut un très-grand bonheur pour mes respectables parens, que leur apanage de la rue des Fossoyeurs eût été la proie des flammes. Car, après que l'incendie fut éteint, M. Clairon étant entré dans la chambre du premier étage, vit un pompier qui achevait de couper une poutre encore embrasée, afin d'empêcher le feu de se communiquer au reste du plafond. Au troisième coup de hache que donna ce brave homme, une cassette de noyer vint se briser, en tombant d'en-haut, aux pieds de mon père, et....

« Vomit à ses yeux,
» Parmi des flots de plâtre, un trésor précieux;
» De ducats, de doublons, quel amas se présente!
» Chaque pièce a de l'or la couleur jaunissante. »

A cet aspect ravissant, l'époux de ma mère tomba sur ses deux genoux, et, joignant ses deux mains, il lève ses deux yeux vers le ciel, et ses deux lèvres laissent échapper cette double exclamation : « Mon Dieu, je vous remercie! mon Dieu, que vous êtes bon! » Puis, ne perdant pas à compter ses espèces, un temps mieux employé à les ramasser, il les recueille par poignées, en met dans toutes ses poches, dans ses goussets de montre, dans son mouchoir; offre une récompense au pompier, qui la refuse, et lui demande le secret, que celui-ci ne lui a peut-être pas gardé; mais cela ne fait rien à notre histoire.

Aussi léger qu'Enée, portant, sur ses épaules, son père Anchise, en chemise, M. Clairon, chargé de son trésor inattendu, avait déjà descendu les vingt-deux marches qui conduisent de la rue au premier étage, ou du premier étage à la rue; déjà il cherche des yeux sa tendre moitié, pour lui faire partager sa joie: mais, ô Minerve! quel est ton pouvoir! Soudain, enveloppée d'un nuage, afin de te rendre invisible à tous les yeux profanes, tu t'élanças de l'Olympe, et, couvrant la première clarinette du régiment des

Gardes de ton égide protectrice, voici le discours que tu lui tins, ou plutôt celui que je te prête :

« Où vas-tu, Clairon, et que vas-
» tu faire ? Quel démon a soufflé
» dans ton sein une dangereuse im-
» patience ? N'es-tu plus ce mari pru-
» dent qui n'as jamais dit à ta femme
» que ce que tu ne pouvais lui ca-
» cher ? Que de bouteilles de vin,
» que de petits verres n'as-tu pas
» payés à tes camarades avec un
» gain dont tu lui as toujours dis-
» crètement fait mystère ? Que de
» parties fines à la Râpée, sur les
» Nouveaux-Boulevards, aux Prés-
» St.-Gervais n'a-t-elle pas ignorées ?
» Et dans ce jour, où la fortune et
» moi nous te comblons de nos fa-
» veurs, par des moyens qui sem-

» blaient ne te mener qu'à une ruine
» totale, tu voudrais déjà te rendre
» indigne de notre bienveillance par
» une indiscrétion déplacée! Consi-
» dère ce que tu as été jusqu'à pré-
» sent et ce que tu peux devenir.
» Voilà le moment de t'emparer du
» sceptre domestique; en un mot,
» d'empêcher ta femme de porter
» plus long-temps les culottes. Au
» surplus, ne crains pas que ta cons-
» cience te reproche jamais le trésor
» que tu viens de trouver. Je te di-
» rais bien comment il était là, et
» qui l'y avait placé; mais.... »

(Récitatif d'opéra.) « C'est le secret des Dieux.

Air : *D'un vieux Pont-neuf.*

» Tu ne le sauras pas,
» Nicolas. »

En achevant ces mots, la Déesse revole vers l'Empyrée, en répandant sur sa trace une odeur de vin de Champagne, qui donna à Clairon l'idée d'entrer dans un cabaret, rue de Beaune, devant lequel Minerve l'avait sagement transporté pour détourner ses premiers mouvemens d'indiscrétion : ce qui veut dire, en bon français, que tout en réfléchissant sur la sottise qu'il était près de faire en révélant tout à sa moitié, mon père s'était machinalement promené jusqu'à l'entrée du Pont-Royal. Alors, entrant chez le marchand de vin, il demande un cabinet et une bouteille de Chably. En montant, le garçon fait un faux-pas et casse la bouteille ; Clairon s'écrie : J'en boirai deux et j'en paierai trois. — Bien! dit le garçon, *malheur est bon à quelque chose.*—Oui, répète Clairon, en tâtant son or, *à quelque chose malheur est bon.*

CHAPITRE VII.

Le Bien, fils du Mal,

OU

Preuves morales, mythologiques, historiques et anecdotiques de mon systême, à quelque chose malheur est bon.

J'ÉTAIS un soir à causer chez mon Libraire, et l'on parlait du titre singulier que je donne à cet ouvrage. Un vieux monsieur, en habit marron, et coiffé d'une perruque à crapaud, au caractère morose, au ton tranchant, et que l'on ne désigne par-tout que sous le nom du *rentier Grognard*, m'apostropha en ces termes : — Votre systême est absurde et ne peut avoir été imaginé que par un singe de Candide. — Trop honnête, monsieur; votre injure est un compliment. — Tant pis, car je n'en fais jamais. — C'est pour cela que le vôtre a plus de prix. — Laissons les épigrammes. — Monsieur va donc se taire? — Au contraire, je continue et je dis que, d'après votre sophisme, il ne tiendrait qu'à nous de regarder la peste, la famine, la guerre, les feuilletons, les orages, les inondations et la mort même, comme des sujets d'actions de grâces à rendre à l'Auteur de la Nature. — Si vous voulez rayer de votre énumération la peste, la famine et la guerre, qu'il serait plus que ridicule de n'appeler que des malheurs, je vais vous répondre sur le reste. Les *feuilletons* éloignent quelquefois du Parnasse des écrivailleurs de boulevards, qui ne sont pas plus poètes que je ne suis historien véridique. Les feuilletons ressemblent à ces épouvantails à moineaux, que l'on place dans les vignes quand les raisins commencent à mûrir. Tel est leur emploi dans le domaine d'Apollon. — Oui, mais combien de bons auteurs n'ont-ils pas dégoûtés? combien d'acteurs et d'actrices à talens n'ont-ils pas éliminés de la scène? — Votre observation est juste; remarquez seulement que je ne dis pas à la fin de chacun de mes chapitres que *malheur est bon en tout, ni à tout*, mais qu'*il est bon à quelque chose*: que cette observation ne vous échappe pas dans le reste de ma thèse. — Précaution très-prudente ! — Et très-nécessaire. — Mais les fortes neiges, qui engloutissent les voyageurs? — Elles conservent les bleds. — Le tonnerre incendie les fermes. — Il fait mûrir le raisin. — Raisonnement d'ivrogne. — Et de marchand de vin en gros et en détail; cela intéresse le commerce. — Ainsi les inondations?... — Très-utiles encore; demandez aux habitans de l'Egypte quelle fête ils font au dieu du Nil, quand il lui prend fantaisie de faire le vagabond ? Et combien les terres de certaines autres régions ne sont-elles pas engraissées par les débordemens des rivières qui les arrosent? — Et la Mort, dont l'aspect effrayant se présente sous mille formes !!!! —Eh ! mon dieu, laissez là vos formes, je sais bien qu'elles ne seraient pas gaies ; mais, moi qui ne cherche pas à avoir raison, ainsi que vous venez d'en juger par les subtilités burlesques avec lesquelles je viens de combattre vos objections sérieuses ; moi, dont l'unique but est de faire rire, je veux vous offrir la Mort en habit de carnaval Attention : vous allez voir ce que vous allez voir.

Croyez-vous qu'elle ne fasse pas une action fort agréable à ce pupille, auquel elle enlève, par une indigestion, un tuteur qui songeait à lui soustraire les trois-quarts de sa fortune, et qui venait de donner un bon dîner à un avoué fripon, comme il y en a tant, pour parvenir à ce but charitable?

N'est-elle pas plus rusée que ce notaire qui n'avait plus qu'un tour de clef à donner à sa caisse, pour saisir, à son profit, un gros dépôt en espèces réelles?

Et cet avocat qui venait d'oublier exprès, chez lui, une pièce essentielle à sa partie, pour donner à son adversaire, qui lui a graissé la patte, le temps d'en fabriquer une plus avantageuse, s'attendait-il à l'argument qu'elle vient de lui pousser?

Et ce valet-de-chambre, plus âgé que son maître, et dont il souhaite ardemment la fin pour jouir du legs qu'il en attend, pensait-il à ployer bagage deux mois avant son patron?

A-t-elle fait une mauvaise action

en fauchant un pauvre diable qui souffrait de la goutte depuis dix ans, et qui n'est pas revenu nous dire s'il était plus malheureux dans l'autre monde?

Vous ririez, peut-être pour la première fois de votre vie, si vous receviez une lettre de votre pays natal, qui vous annoncerait que des petits-cousins, qui soupiraient après votre succession, viennent de s'empoisonner avec des champignons, dans un repas qu'ils faisaient tous ensemble, sur la fausse nouvelle qu'on leur avait donné de votre trépas.

Encore un exemple qui passe sous vos yeux. Voyez-vous ce capitaine qui marchande des fleurs dans la boutique ici à côté? C'était le frère cadet d'un juge avare, dont la lésinerie l'a forcé d'entrer au service. Il y a un an que ce juge est mort de chagrin, d'avoir été forcé de donner un grand repas et une corbeille de mariage, à une riche veuve qu'il devait épouser huit jours après. Il voulait se faire des enfans pour déshériter son frère le militaire. La mort a mis ses lunettes, regardé le juge de travers, et le suppôt de Thémis est allé aux enfers, servir de substitut à messieurs Minos, Eaque et Rhadamante, en cas de maladie de l'un d'iceux.

Un dernier tour du monstre au nez camus.

Naguères, à Madrid, vivait un vénérable savetier, ivrogne, battant sa femme et ses enfans, et familier du St.-Office par-dessus tout. Il n'avait encore rien gagné que des coups dans ce dernier métier : aussi, Dieu sait comme sa famille était misérable ! On cherchait depuis quelques jours un fameux brigand. Notre homme fut mis en quête ainsi que ses confrères, et il eut le bonheur de le découvrir, de le suivre et de l'arrêter en se jetant à la bride de sa mule. Le brigand, qui ne cherchait qu'à s'échapper, ajuste le familier d'un coup de pistolet et l'étend au pied de sa monture. Cet acte de vigueur nuit plus qu'il ne sert à notre adroit tireur. On le saisit, on le mène devant le corrégidor qui le fait fouiller ; on lui trouve un porte-feuille garni de quatre-vingt mille livres, et une bourse pleine de doublons. La joie de s'être emparé d'un homme impliqué comme chef dans une grande conspiration, excita la reconnaissance du juge, qui, après en avoir référé au gouvernement, fit venir la veuve du membre du St.-Office, et lui remit en main le porte-feuille et la bourse du brigand dans leur intégrité. Jugez de la situation de cette femme quand elle reçut ce cadeau inattendu. Ah! monsieur, s'écria-t-elle, en s'adressant au juge, voilà le premier bien que mon mari fait à sa famille. Il en est mort; mais Dieu n'abandonne jamais la veuve et l'orphelin : *à quelque chose malheur est bon.*

A cette finale, M. Grognard fit la grimace la plus épouvantable que l'on ait jamais vu faire au singe le plus hideux, et, prenant sa canne et son chapeau, il sortit en jurant. Fort bien, me dit un jeune commis de mon libraire; encore une preuve de votre système : vous avez fâché M. Grognard, qui nous ennuyait tous les jours et qui ne nous achetait rien; mais il ne reviendra peut-être pas. *A quelque chose malheur est bon.*

Messieurs, dis-je à la société, le caractère bourru de cet homme m'a forcé de chercher des palliatifs, bien outrés, aux maux qu'il me citait, et que j'avoue, à présent, ne pouvoir être compensés par rien d'avantageux; mais je pourrais peut-être trouver à mon système des appuis plus concluans, puisés dans l'histoire ancienne et moderne, dans la mythologie même. Et, pour commencer par cette dernière partie, je n'en citerai que deux traits.

Jupiter avait un jour un mal de tête horrible; il jurait comme un possédé, ou pour vous offrir une comparaison plus juste, comme Geoffroy, lorsque le public applaudit mademoiselle Duchesnois, ou lorsque l'abbé Morellet lui prouve qu'il n'est pas l'auteur d'un article au sujet duquel Geoffroy le traite de mauvais prêtre, de vieillard insensé, de brouillon révolutionnaire, etc... car,

« Qui méprise Geoffroy, n'estime point son Roi,
» Et n'a, selon Geoffroy, ni Dieu, ni foi, ni loi. »

Jupiter donc, qui n'a jamais eu rien de commun avec Geoffroy, si ce n'est lorsqu'il se changeait en bête, souffrant, ainsi que je viens de le dire, fait venir Vulcain, dont les compagnons ressemblent à Geoffroy, par exemple, et lui ordonne de lui fendre la tête. « Mais, mon » papa, cela vous fera du mal. » Fais ce que je te dis, lui réplique Jupin, en fronçant le sourcil :

« *Et totum nutu tremefecit Olympum.* »

Vulcain, qui connaissait par expérience l'humeur de son cher père, prit une de ses meilleures haches, et en asséna un vigoureux coup sur l'os frontal du fils de son grand-papa Saturne. A l'instant, ô! prodige! on vit s'élancer, de la tête du maître des Dieux, Minerve, armée de pied en cap. C'est la seule et unique fois que la sagesse soit sortie d'un cerveau fêlé. Mais tout le monde n'est pas Dieu, et Geoffroy moins qu'un autre, quoique l'on doute encore que ce soit un homme. On ne me contestera pas qu'ici un mal de tête n'ait été *bon à quelque chose*.

Second trait mythologique.

Pâris enlève Hélène ; rien de plus simple : car, dans ce temps-là, comme dans celui-ci, on ne prenait de force que les filles de bonne volonté. Mais l'époux de la fugitive, au lieu de s'en consoler comme ses confrères de Paris, arme toute la Grèce contre Troie pour rattraper son infidèle, qui n'avait garde de se laisser atteindre. Cette expédition n'aurait peut-être pas duré plus long-temps que la campagne d'Austerlitz : car il y avait là, comme en Allemagne, un Achille qui ne s'endormait pas ;

mais, ne voilà-t-il pas tout l'Olympe, mâle et femelle, qui se met de la partie! Ces diables de Dieux se fourraient souvent où ils n'avaient que faire. Les uns soutinrent la cause du cocufié; les autres, celle du cocufiant. Tels on vit autrefois, planant au-dessus des rives fertiles de la Loire, se mesurer ensemble, d'une ardeur égale, d'un côté, le pieux protecteur de la brave Jeanne d'Arc, Monseigneur Saint-Denis, à cheval sur un rayon de soleil; et, de l'autre côté, l'orgueilleux défenseur des orgueilleux Bretons, Mylord St.-Georges, à califourchon sur son illustre palefroi. Cette fantaisie des divinités païennes de se mêler de tout, prolongea la guerre de dix années. Dix ans de guerre!

c'est un fléau, sans doute; eh bien, c'est par ce fléau que le monde savant fut enrichi de l'Iliade, de l'Odyssée et de l'Enéide, chefs-d'œuvre qu'il faut bien se garder d'orner d'épithètes, puisque les nommer suffit à l'admiration.

Mais vous avez déjà dit quelque chose comme cela dans votre quatrième chapitre. — C'est possible; je suis connu pour un grand bavard : au reste, qu'importe. Geoffroy, depuis six ans et plus, peut-être, ne nous rabâche-t-il pas chaque matin que Voltaire est un mauvais poète? On ne le croit pas. Moi, je ne craindrais pas d'être démenti, quand je vanterais, à chaque page, Homère et Virgile. — Mais vous vous répétez, et cela ennuie. — Qui? — Moi; j'aime le neuf, je veux du neuf. — Allez voir les tragédies et les comédies nouvelles. — Ce n'est pas du neuf. — Les nouveaux opéras-comiques, la nouvelle musique de Castor, les vaudevilles nouveaux. — Ce n'est pas du neuf. — Les Mémoires, les Almanachs, les Dictionnaires, les Romans nouveaux. — Ce n'est pas encore du neuf, pas même le vôtre. — Que diable trouvez-vous donc de neuf? — L'histoire de nos jours. — Ah! je ne dis pas non, mais je ne me sens pas les reins assez forts pour être l'historien de mon siècle; allez vous promener, vous n'êtes pas neuf non plus, vous avez l'air d'un second M. Grognard, car vous m'interrompez mal-à-propos. Passons aux preuves historiques.

L'Histoire ancienne nous apprend que Didon eut le malheur de perdre son premier mari, qui fut tué par un coquin de beau-frère, à qui ses trésors faisaient envie. La veuve effrayée prend ses jambes à son cou, avec sa sœur Anne, et s'enfuit en Afrique. Jusque-là rien de gai : mais cette maligne femme ayant demandé à certain roi du pays, nommé Yarbas, de lui vendre, pour y bâtir une maison, autant de place que la peau d'un bœuf pourrait s'étendre, ce qui lui fut accordé par acte, passé, sans doute, devant notaire ; elle découpa cette peau en lanières très-étroites, dans lesquelles elle mesura l'espace qu'il lui fallait, non pour construire une chaumière, mais une superbe ville qu'elle nomma *Byrsa*, et qui depuis fut appelée *Carthage*, la même qui fit enrager si longtemps les Romains. Voilà le comique. On conviendra néanmoins qu'il fallait que ce moricaud d'Yarbas fût bien endurant pour se laisser attraper ainsi. A sa place je me serais moqué de mon serment, et j'aurais fait déporter bien vîte la découpeuse de lanières avec sa sœur Anne, et tous ses tours de passe-passe. Mais je me souviens qu'il en était devenu amoureux, bien en pure perte cependant; et comme dit le bon La Fontaine :

Amour, amour, quand tu nous tiens,
On peut bien dire : adieu prudence.

Je parlais des Romains tout-à-l'heure, et cela m'amène naturellement à conter l'origine de leur capitale, encore en possession aujourd'hui de l'admiration de l'univers, et par son antiquité et par la majestueuse beauté de ses monumens. Une jolie demoiselle de très-bonne famille, et Vestale par-dessus le marché, nommée Rhéa Sylvia, fut surprise par Mars, qui se battait comme un diable et faisait des enfans comme un dieu. On dit que la petite dormait; moi, je crois bien qu'elle en faisait semblant; mais n'importe; bon gré mal gré, il en résulta deux jumeaux. Monsieur Amulius, oncle de la jeune personne, très-délicat, sur l'honneur des filles, seulement (car il ne s'était pas gêné pour mettre à la porte de son palais et de ses états son frère aîné Numitor, roi de la petite ville d'Albe, ce qui n'est pas très-respectueux de la part d'un cadet ; il faut convenir pourtant qu'il était moins brutal que le frère de Didon, il n'en voulait qu'à la bourse); M. Amulius donc, crut que, pour couvrir la faute de sa nièce, il ne s'agissait que de l'enterrer toute vivante dans une fosse de six pieds carrés, et de faire jeter ses petits-neveux à la rivière comme des chats nouveaux nés. Ce parti était fort raisonnable; la nièce n'en jugea pas de même, et elle en mourut de chagrin. Voilà bien des malheurs, une vestale qui fait deux enfans et que l'on enterre. Quant aux enfans, il en arriva tout autrement. Celui qui avait reçu la commission de les jeter à l'eau, eut l'humanité de les abandonner seulement aux bêtes féroces dans une forêt. Voilà des principes. Une louve, qui avait perdu ses petits, rencontra ces deux bambins mal léchés, et leur donna à teter. C'est très-charitable. Un berger apperçut tout ce manège, et, par pitié, les porta à sa femme, qui les nourrit et les éleva. Bref, ils grandirent, découvrirent leurs vrais parens par un hasard qu'il serait trop long de raconter, tuèrent leur méchant oncle Amulius, qui avait voulu les faire noyer, et qui ne voulait pas que les Vestales fissent des enfans en dormant, et remirent leur grand-papa Numitor sur son petit trône. Il paraît que, malgré ces belles actions, nos deux jumeaux étaient de grands vauriens, et qu'ils ne fréquentaient que les cabarets, les maisons de jeux et autres lieux de débauches, dans lesquels ils battaient et pillaient tout le monde : car il y a lieu de croire, qu'ayant été chassés de la ville, avant ou après la mort du grand-papa Numitor, il ne leur resta d'autre parti que de s'associer à de vertueux brigands de leur espèce, avec lesquels ils ravageaient tous les environs. Personne ne voulant les recevoir, il fallait loger au milieu des champs ; mais, comme on ne peut pas toujours coucher à la belle étoile, ils se construisirent des

Cahutes faites, comme l'on dit, de boue et de crachat.

— Eh bien, Messieurs, est-ce que vous ne voyez pas, dans tout cela, le Capitole, le Forum tant cité, la voie Appienne, les magnifiques amphithéâtres, les bains, les temples de Janus, de Mars, de tous les Dieux; les cirques, les colonnes, les mausolées, les arcs de triomphe? n'appercevez-vous pas la superbe église de St.-Pierre, le Vatican, la colonne Trajane, la rotonde, les palais de St.-Marc et de Farnèse? — Non. — Tout cela est pourtant dans ces misérables *Cahutes*. — Bah!!! — Mais, vous voyez au moins les Tarquins, les Brutus, les Camille, les Coriolan, les Cincinnatus, les Scipions, les Paul-Emile, les Gracques, les Sylla, les Marius, les Catilina et les Césars ? — Nous ne voyons personne. — Tous ces hommes-là sortent pourtant de ces misérables *Cahutes*. — Ah! ah ! ! ! — Mais, vous, mon cher libraire, regardez par-là, vous entendrez Cicéron prononcer ses magnifiques oraisons ; écoutez-le, par ici, déclamer contre Verrès et Catilina ; voyez-vous comme il les marque du fer rouge de l'ignominie ; le voici qui écrit ses traités de l'Amitié, de la Vieillesse, des Devoirs : voyez-le pâlir devant les tables de proscription des Triumvirs. On aurait peur à moins ; d'ailleurs, on peut être grand orateur et poltron. Tournez à présent les yeux de ce côté : voici Horace qui envoie une ode à Mécène, et qui termine une satire contre Canidie. Il la quitte pour relire son épître aux Pisons, sur l'art poétique. Oh ! s'il vivait de notre tems, le beau *Poëme séculaire* qu'il nous ferait ! Je vois maintenant ce pauvre Ovide qui s'embarque pour son exil. Il médite déjà ses *Tristes* et ses *Fastes*. Il n'oublie pas d'emporter ses *Métamorphoses* et son *Art d'aimer*. Ne regardez pas par-là, c'est Virgile qui ordonne, par son testament, que l'on brûle son *Enéide*. Si je vous parlais de lui une seconde fois, on me chicanerait encore. D'ailleurs, c'est à Legouvé qu'il appartient de nous tracer un si grand tableau. — Ah çà ! mon ami, est-ce que vous rêvez ? je ne vois rien du tout. — Vous êtes donc aveugle ? Tous ces ouvrages sublimesse composent dans ces misérable *Cahutes*. Voyez-y donc, mais voyez-y tant d'autres écrivains illustres que je ne vous ai pas nommés, Tacite, Juvénal, Quint-Curce, Sénèque, Perse, Plaute et Térence ; César avec ses Commentaires, etc. etc. et mille etc...

A présent, messieurs, noyez les enfans des Vestales qui en font en dormant, ayez bien soin qu'ils n'en réchappent pas ; et alors, j'en conviens, vous ne pourrez pas dire : *A quelque chose malheur est bon.*

CHAPITRE VIII.

La banqueroute.

Le lecteur a vu, dans le quatrième et le sixième chapitres de cet excellent ouvrage, par quel moyen extraordinaire mon père avait fait fortune. Il est temps de le montrer nageant dans le luxe avec sa charmante moitié.

La révolution, qui avait commencé deux ans après que M. Clairon avait trouvé la miraculeuse cassette aux louis, dans les ruines de sa maison de la rue des Fossoyeurs, ne lui avait fait aucun tort, parce que, n'ayant pas placé son argent en rentes, mais chez un honnête notaire qui lui en payait un intérêt raisonnable, il n'avait point éprouvé la diminution des deux tiers de ses revenus, comme les autres rentiers. La manière modeste, quoiqu'aisée, avec laquelle il vivait, n'excita pas non plus la curiosité et l'envie des Brutus et des Mutius-Scœvola, qui rendaient, sur les décrets des comités révolutionnaires de sa section, de fréquentes visites aux secrétaires et coffre-forts de ses voisins. On supposait qu'il vivait tout bonnement du produit des leçons de clarinette qu'il donnait; et l'on conviendra que ce fut un grand trait de prudence, ou un grand bonheur pour Clairon, d'avoir fait un mystère à sa femme de l'argent trouvé; car, elle n'eût pas manqué d'en bavarder avec la boulangère d'à-côté, ou avec la quincaillère du coin. Bref, mon père, en montant exactement sa garde, en allant passer une soirée par semaine à l'assemblée de son district, et en soufflant dans son instrument, sans se faire tirer l'oreille, à toutes les fêtes populaires, sauva sa tête et fit bien.

Enfin la tourmente s'appaisa; mais si les têtes ne tombèrent plus, elles ne cessèrent pas de tourner. Une émission prodigieuse d'assignats et la fureur du commerce avaient inspiré à beaucoup de gens qui, jusqu'alors, n'avaient rien possédé, l'envie de s'enrichir. L'agiotage qui, pour les hommes du peuple, avait son trône sur la place du *Perron*, enhardissait les plus ignorans en affaires, et le siècle de papier fut le siècle d'or pour ceux chez qui l'audace étouffait la voix de la délicatesse. Jamais la Fortune ne vit peut-être en France plus d'adorateurs, excepté en pareille circonstance, lors du systême de Lawss. On vit le porteur d'eau tourner le dos à la fontaine des Innocens pour devenir garçon de caisse, et bientôt courtier de change. Le perruquier laissa son fer à toupet et son sac à poudre, qu'il échangea contre un carnet, et se fit banquier. La ravaudeuse, de marchande à la toilette qu'elle était devenue, se métamorphosa en grosse marchande bijoutière du Palais-Royal. Mais ce qui fut bien plus inconcevable, ce fut de voir des ci-devant

Grands-seigneurs d'autrefois, tenir des magasins de meubles et d'épiceries. L'actrice venait jouer son rôle le soir, en tenant sous son bras des échantillons de dentelles, d'indienne et d'huile à manger; et plus d'un auteur portait, dans la même poche, son manuscrit et un paquet de chandelles, dont il avait commission de vendre quelques milliers de livres, sur lesquelles il se réservait un honnête intérêt.

O temps heureux où la botte d'ognons ne se vendait que cent francs, un billet de spectacle, aux quatrièmes, 2500 livres; une paire de bottes 15 à 18,000 livres; et un bon dîner chez Robert ou chez Méot, 12,000 livres par tête. A cette époque fortunée, celui qui possédait deux cents louis en Or, pouvait prétendre à devenir propriétaire d'un des plus beaux châteaux de France, et même des monumens les plus majestueux de Paris; tout était commerce, tout était à vendre, même l'honneur, pour peu qu'il en restât.

Mon père étant un jour à prendre sa demi-tasse au café de Chartres, entendit un jeune homme, assez élégamment vêtu pour la circonstance, s'écrier avec chagrin : Ah! si j'avais les mille écus en argent qui me manquent, je ferais demain une bien belle affaire, et celui qui me les prêterait n'y perdrait sûrement pas. L'air honnête de ce jeune homme, et, de plus, quelques fumées de fortune qui commençaient à monter au cerveau de M. Clairon, ne lui firent pas perdre de vue le désolé monsieur. Au sortir du café il l'aborde et lui propose de faire un tour de jardin. M. de Mussy (c'est le nom du jeune homme), quoiqu'étonné de la proposition, accepte cependant. — Mille écus en espèces, vous feraient donc un bien grand plaisir ? — Sans doute, Monsieur, répond Mussy; mais à quoi bon cette question ? — C'est qu'alors je vous conseillerais de les emprunter. — Parbleu, Monsieur, voilà une singulière plaisanterie. — Ce n'est pas une plaisanterie, puisque vous ne les avez pas, il faut bien les trouver chez quelqu'un qui les ait. — En vérité, Monsieur, vous êtes bien bon, il faut les trouver! croyez-vous que j'avais besoin de votre conseil pour cela? Mais je les ai cherchés et je ne les ai pas trouvés. Ainsi permettez que, d'après votre conseil, je les cherche encore; bonsoir. — Un moment, dit M. Clairon, en le retenant par le bras, vous êtes trop vif. Vous perdriez peut-être une belle occasion, et vous m'intéressez trop pour que je le souffre. Détaillez-moi un peu votre affaire. — Oui; pour me la souffler peut-être? — Jeune homme, ne jugez point à la légère; je ne vous demande que ce que la prudence ne vous défend pas d'expliquer; des noms en l'air tant que vous voudrez, mais la réalité pour le fond. — Eh bien,

Monsieur, il s'agit d'un domaine magnifique qui est à vendre à quelques lieues de Paris... — Un domaine, dit, en rechignant, M. Clairon; affaire de luxe! — Un moment à votre tour, vous jugez aussi trop vîte; oui, Monsieur, un domaine où j'établirais une très-bonne manufacture, dans un genre de commerce que je connais très-bien, puisque j'y ai été élevé. Dans quatre ans d'ici il y aurait cent pour cent de bénéfice, et celui qui m'aiderait dans cette acquisition y serait de moitié. — Eh! quelle sûreté donneriez-vous au prêteur? — Toutes les plus solides. — Demain matin, trouvez-vous à huit heures précises chez M. Gibert jeune, notaire, rue St.-Honoré, près la rue de l'Echelle; apportez vos titres et vous aurez les mille écus. — Sérieusement? — Parole d'honneur! bonsoir; allez à présent vous divertir chez Montansier ou ailleurs, mais à huit heures demain matin chez le notaire.

Les clercs de M. Gibert déjeunaient et riaient des folies d'un de leurs confrères, joyeux garçon de son naturel, qui faisait des calembours sur les procurations, et des vaudevilles sur les contrats de mariage. Il les réjouissait sur-tout par la manière comique dont il singeait les vieux rentiers et les vieilles rentieres: le Notaire lui-même ne pouvait quelquefois s'empêcher d'en rire. M. Clairon arrive, et il n'a pas eu le temps de faire trois pas dans l'étude, et de prendre sa prise de tabac, qu'il est suivi de M. de Mussy.—Vous êtes de parole, jeune homme.—Vous voyez.—C'est bien. Entrons chez M. Gibert.

Ils entrèrent, ils s'arrangèrent, ils terminèrent et ils s'en allèrent.

— Eh bien! ma chère amie, disait, deux ou trois ans après cette aventure, le mari de ma mère à la femme de mon père, m'en veux-tu encore de t'avoir caché notre petit trésor pendant quelque temps? Nous aurions mangé cet argent-là bourgeoisement: au lieu de cela, nous sommes des Gros. Hôtel à la chaussée d'Antin, maison de campagne, équipages. C'est fort joli, en vérité c'est fort joli. Eh bien! le croirais-tu? il y a pourtant encore des gens qui crient après la révolution ! Quelle injustice ! c'est une fort bonne chose cependant qu'une révolution — Vous ferez toutes vos réflexions dans un autre moment, répondit l'épouse de la ci-devant première clarinette des Gardes - Françaises. J'ai quelque chose de plus important à vous communiquer.

J'étais hier au thé de madame Malprofit... — Madame Malprofit, je ne la connais pas. — Si fait, la femme de ce chandelier qui demeurait près de St.-Sulpice, et dont le mari a fait fortune à la hausse et à la baisse : il est à présent l'un des fournisseurs des illuminations de toutes les fêtes publiques. — Ah ! ah ! — Ne m'interrompez donc pas, c'est essentiel. — Voyons. — La petite St.-

Martin

Martin avait un schall de cachemire superbe, que lui a donné ce grand Caissier sec avec qui elle est. — Eh bien? — Mon dieu! que vous êtes bouché! vous ne comprenez pas qu'il est indécent qu'une petite mijaurée comme cela porte de pareilles choses, et qu'une honnête femme, une femme mariée n'en ait pas? — Nous verrons cela dans quelques jours. — Dans quelques jours! il me le faut ce soir; j'ai dit à mes voisines que j'en avais un plus beau que le sien. Voulez-vous recevoir un affront? cela ne coûte que quatre-vingts louis, faut-il vous ridiculiser pour une pareille misère? — Tenez, les voilà, achetez-le vous-même, je ne me connais pas en chiffons... — Mon bon ami, j'ai été bien malheureuse hier ! cette maudite bouillotte semblait s'être déchaînée contre moi. *Paôle suprême*, je n'ai jamais joué d'un pareil guignon. Imaginez, mon cher, que je n'ai rentré que quatre fois, et j'ai perdu trente-cinq louis sur lesquels je n'en ai payé que dix. — Il vaudrait mieux faire comme moi, je ne joue jamais. — Mais il faut bien faire comme les autres. Voulez-vous que je reste dans un coin avec quelques vieilles femmes à médire du prochain? Vous savez bien que je n'aime pas la médisande; je ne suis pas comme la femme de cet Avoué qu'on dit avoir fait un Faux pour s'approprier la ferme qu'un Client de province l'avait changé de vendre. Je serais bien fâchée aussi de ressembler à madame Dumont qui fait sonner sa vertu bien haut, et qui ne va, que trois fois la semaine régulièrement chez sa marchande de modes, pour donner rendez-vous là un petit musicien qu'elle paye pour lui enseigner autre chose que la musique. — Non, non, vous n'êtes pas médisante; mais laissons cela. Quant à vos vingt-cinq louis, vous ne les aurez que dans huit jours. J'ai beaucoup à payer cette semaine. — Dans huit jours! mais c'est affreux, je serai perdue de réputation. Une dette sacrée! ah! je suis bien malheureuse avec vous, vous me refusez le plus strict nécessaire. — Eh! madame! il est des choses plus nécessaires que la bouillotte ; et le cuisinier, le marchand de foin, le précepteur de votre fils ? — Pour les deux premiers cela me paraît assez juste ; mais ce précepteur qu'a-t-il tant besoin d'argent? — Mais il a lui-même deux enfans, dont il paye la pension ailleurs, tandis qu'il s'occupe ici de l'éducation du nôtre. — Tenez, Monsieur Clairon, vous ne devriez pas garder cet homme-là ; il prêche toujours misère. Moi je crois qu'il se dérange. On m'a dit qu'on l'avait vu au n°. 113. — A coup sûr il n'y jouait pas à la bouillotte, madame Clairon. — C'est une méchanceté, mais vous me la payerez. — La bouillotte, n'est-ce pas ? Allons soit, puisque vous êtes de bonne humeur ; mais n'y revenez pas. — Vous êtes charmant ! *ma p'tit' paôle panachée.* (On parlait alors comme cela.) — Avons-nous beaucoup de monde à dîner aujourd'hui ? — Non, le petit ordinaire, quinze ou vingt. — Ah ! tant mieux, je n'aime pas la cohue. A propos, Mussy m'a écrit qu'il viendrait aujourd'hui. — Est-ce qu'il est à Paris ?—Il arrive ce matin. — Cet homme-là quitte trop souvent la manufacture. Il n'est point du tout à son affaire.—Vous avez tort : d'abord il fait tout au plus dix voyages par an, et il ne reste pas deux jours à la ville ; ensuite vous en parlez comme d'un intendant, et vous devriez vous souvenir que c'est à son activité et à son intelligence que nous sommes redevables de n'avoir que l'embarras de jouir et de briller ; car, tous deux, nous ne connaissons rien ni à la manufacture, ni au commerce. — Si l'on donne le ballet nouveau, n'oubliez pas de louer une loge. — Oui ; si Mussy vient, vous me l'enverrez au café *Hardy*, où je vais manger une cotelette et savoir le *cours*. — Est-ce que vous ne prenez pas le cabriolet ? — Si fait. — Ah bien ! dites à Victor de mettre les chevaux à mon *Ballon* ; il faut que j'aille chez ma marchande de nouveautés, rue Vivienne. — Est-ce Chémelat qui vous fournit ? — Oui. — Tant mieux, ce sont de bonnes gens.

Il est bon de remarquer que, pour avoir la paix dans sa maison,

M. Clairon cédait encore plus qu'autrefois aux caprices de sa despotique moitié : je dis plus qu'autrefois, parce qu'étant riche, il avait plus de ressources pour se distraire de la mauvaise humeur de sa femme ; et d'ailleurs, quand il ne voulait pas la voir, il s'enfermait dans son appartement, sous prétexte d'affaires (car il y avait appartement de monsieur et appartement de madame), et là il s'amusait avec sa petite société particulière, tandis que, de son côté, madame faisait dans le salon les honneurs de son petit palais. Cette conduite de mon père était d'autant plus sage, que madame Clairon, en se mettant à la mode, n'avait pas oublié d'avoir des vapeurs et des attaques de nerfs, ce qui est quelquefois très - réjouissant pour les étrangers, et fort ennuyeux pour un mari qui est presque toujours obligé d'avoir l'air d'y croire.

Cela me rappelle une petite scène comique dont mon père fut complètement la dupe : je dis scène comique, avec d'autant plus de raison qu'elle se passa au spectacle, et à l'occasion d'une comédienne. Le parvenu Clairon, pour sacrifier aussi à la mode, s'était attaché au char d'une des plus grasses Divinités d'un des plus joyeux théâtres de Paris. Cette beauté faisait, par son embonpoint, une superbe anthithèse avec l'excessive maigreur de madame Clairon ; mais madame Clairon, malgré son caractère altier, était un petit mouton en comparaison de l'impertinente et dédaigneuse Donzelle. Ainsi, mon père, dédommagé du côté du physique, éprouvait, du côté du moral, plus de tourmens qu'un damné, ou qu'une *jeune première* au succès d'une rivale qui lui a enlevé un joli rôle. Le sot amour-propre d'entretenir une actrice pouvait seul lui faire supporter sans murmure le joug de cette impérieuse *Io*.

Il venait de lui faire présent, pour le jour de sa fête, d'une paire de boucles d'oreilles en diamans, qui lui avait coûté mille écus. Celui-là connaîtrait bien peu le cœur humain, et jugerait fort mal une femme, et une actrice sur-tout, qui penserait que le desir de plaire fût le seul motif qui l'excite à se parer de ce qu'elle achète, ou de ce qu'on lui donne de plus élégant ou de plus riche. La coquetterie, à la vérité, entre bien pour quelque chose dans ses desseins; mais une raison bien plus forte encore la détermine. Si vous ne devinez pas, cher lecteur, quelle passion dominante agit sur elle, interrogez là-dessus un Souffleur de théâtre, qui, par état, et pour plaire à chacun de ses tyrans mâles ou femelles, doit avoir l'esprit d'observation, ou une Chanteuse des chœurs bien laide, et qui, par cette malheureuse raison, n'a d'autres ressources, pour suppléer à ses modiques appointemens, que de vivre avec quelque vieil usurier bien avare, ou d'accepter la charge très-humiliante de Dame de compagnie chez la *première amoureuse*. L'un ou l'autre vous répondra que ce qui fait la jouissance principale d'une femme à toilette recherchée, c'est de faire enrager (j'allais dire trivialement *fumer*) celles dont le défaut d'appas, ou la lésinerie de leur Entreteneur, les prive de briller autant qu'elles. Après la connaissance de ce secret mouvement, ou de cette seconde nature des femmes galantes de Paris, des Divinités de coulisses, et même de beaucoup d'honnêtes Bourgeoises, on saura pourquoi madame Sanville (c'est le nom de la maîtresse de M. Clairon) tire à chaque instant ses gants, dans le foyer, pour faire remarquer ses bagues nombreuses et brillantes; pourquoi elle remet sans cesse son chignon, pour qu'on la complimente sur son peigne à la mode; pourquoi elle se plaint que son collier lui rougit le cou, pour que l'on en admire les camées; pourquoi elle prend du tabac dix fois par minute, afin de nous montrer une jolie boîte d'or; enfin, pourquoi, depuis deux jours sur-tout, elle se plaint que les oreilles lui font mal, pour qu'on ne manque pas d'appercevoir ses boucles de mille écus.

On ne s'étonnera plus de lui entendre parler tous les jours des mémoires de son bijoutier, ni de la voir soigneusement recommander à ses camarades, avant de se trouver mal, de veiller à sa flèche en or et à son cœur d'émail entouré de brillans. Aller en voiture est assurément très-commode ; mais elle n'y prendrait aucun plaisir, si elle ne se faisait conduire au théâtre dans son équipage, et de là, dans les endroits où ses pauvres rivales, qui se faisaient aussi rouler autrefois, ne vont plus qu'à pied.

Madame Sanville, deux jours après le cadeau que lui avait fait son Soupirant, jouait dans une pièce nouvelle, un rôle de petite paysanne innocente. Ma grosse Ingénue, chez qui, en effet, l'esprit n'abondait pas, s'imagina que rien n'était plus convenable que de faire briller ses girandoles aux yeux d'une *chambrée complète*. Ce bizarre assortiment d'habits de futaine et de pierreries ne pouvait manquer d'exciter la critique de toutes les personnes de bon sens. On en riait au parterre, dans les amphithéâtres et dans les loges. Madame Clairon assistait à cette représentation, et s'amusait comme les autres aux dépens de la Bergère aux diamans. — Qu'elle bêtise, disait-elle, de s'ajuster ainsi, et encore avec des pierres fausses ! car, une personne de cet état.... — Rassurez-vous, madame, lui répondit aussitôt un jeune indiscret (qui était placé derrière elle, et qui ne la connaissait pas), ce sont des pierres fines, sur mon honneur ; je les ai vues de près il y a deux jours. Cette petite Niaise-là n'est pas si bête qu'elle le paraît ; elle tient maintenant dans ses filets un nouveau parvenu, qui a été assez sot pour lui acheter ces boucles d'oreilles de mille écus. — Il faut, en effet, qu'il soit bien bête, reprit madame Clairon. — Quant à moi, je le plains de tout mon cœur, d'avoir une passion si ridicule ; mais, que voulez-vous? on ne peut pas empêcher ce pauvre Clairon de se ruiner. — Clairon ! s'écria sa femme, ah ! le scélérat ! ah ! le monstre ! Et voilà la femme de mon père qui se renverse dans sa loge en jetant les hauts-cris, et en se trouvant mal. Les acteurs s'interrompent ; le public se lève en cherchant des yeux la cause de ce tumulte. Un plaisant du parterre, monté sur sa banquette, réclame le silence, et demande, d'un ton compatissant, qui fait crever de rire, si la société n'aurait pas le bonheur de renfermer dans son sein un accoucheur.

M. Clairon, pour son malheur, était au parquet. Il avait reconnu la voix de sa femme. Il monte aussitôt à sa loge; ne se doutant pas qu'il était la cause de son évanouissement, il lui frappe dans la main, lui fait respirer des sels, et lui parle avec intérêt pour lui faire reprendre connaissance. A l'instant, ô pouvoir merveilleux de l'organe conjugal! ma mère l'entend, se relève sur ses deux pieds, recule un pas, et allonge, à son infidèle, une paire de soufflets qui retentissent dans toute la salle : puis, sautant au cou de mon père, elle l'aurait étranglé sans la généreuse défense des assistans. Mon père s'échappe, et gagne le grand escalier; sa furieuse moitié le poursuit en courant, et en l'accablant d'injures; et, tous deux escortés par une troupe de jeunes curieux, d'enfans vagabonds et de commissionnaires ricaneurs qui les accompagnent jusqu'à moitié chemin, regagnent à pied leur domicile, où la scène continua devant leurs gens.

La nuit fut orageuse, et toutes les protestations et les prières de M. Clairon furent inutiles auprès de son épouse courroucée. Déjà il désespérait d'appaiser cette moderne Ariane, lorsqu'il s'avisa de lui promettre des boucles d'oreilles deux fois plus chères que celles qu'il avait données à sa favorite. Ces douces paroles firent, sur madame Clairon, une révolution favorable. Tels on voit, après une violente tempête, l'air s'éclaircir, et la mer, se calmant peu-à-peu, ne plus faire entendre qu'un léger mugissement; ou plutôt, tel un enfant, que son précepteur a chagriné, sèche promptement ses larmes, et étouffe ses sanglots à la vue d'un polichinelle que lui apporte une grand'mère qui le gâte : telle mon père vit sa fougueuse compagne faire succéder des expressions plus mesurées, au torrent d'invectives dont elle venait de l'accueillir. Prenant même le ton de l'intérêt... le plus tendre : —Mon ami, lui dit-elle, je n'ai jamais prétendu, vous le savez, vous gêner dans vos plaisirs. Je conviens même qu'un homme n'est pas toujours maître d'un moment de caprice ou de passion ; mais, croyez-vous que votre santé ne me soit pas chère ? Et pensez-vous qu'elle soit bien en sûreté avec l'objet de vos nouvelles amours ? Voilà, je vous l'avoue, ce qui m'inquiète, ce qui me chagrine, car je sens que si j'avais le malheur de vous perdre, je ne vous survivrais pas.

Mon père ne fut pas dupe de l'étalage des beaux sentimens de sa tendre moitié ; il savait bien qu'il ne devait attribuer cet épanchement subit d'affection conjugale, qu'à la promesse des boucles d'oreilles ; mais, pour entretenir sa femme dans ses dispositions pacifiques, il ne lui répondit que par des sermens de fidélité, ce qui importait peu à madame Clairon, et lui donna six billets de cent pistoles chacun, afin qu'elle pût elle-même choisir son cadeau: ce qui lui importait beaucoup.

Le jour où Mussy, l'associé de mon père, devait venir dîner à la maison, M. Clairon rentra chez lui assez triste. Il venait d'apprendre, à la bourse, qu'un de ses meilleurs correspondans venait de manquer d'un million: il s'y trouvait pour soixante mille livres. On se mit à table, et le dîner ne fut pas gai. On sait que, partout, la société prend le diapason du maître du logis. Après le dessert, M. Clairon fit entrer sa femme et M. de Mussy dans son cabinet, et là, il leur fit part de son malheureux événement. — Il faut absolument, dit mon père à M. de

Mussy, que vous me tiriez d'embarras ; j'ai pour vingt-cinq mille francs de billets à payer dans trois jours, et je n'ai pas quatre mille francs en caisse. J'ai, de plus, une obligation de cinquante mille francs à remplir à la fin du mois, et mes rentrées n'iront pas à quinze. Ma foi, mon cher, répondit Mussy, vous me voyez d'autant plus pénétré de votre malheur, qu'il m'est impossible d'y remédier. Je venais moi-même, au contraire, vous demander des fonds pour faire marcher la manufacture. Vous savez que les dépenses occasionnées par son agrandissement ont absorbé tous les bénéfices de cette année. Cependant, je vous ai toujours fait passer exactement l'intérêt de votre mise. Aujourd'hui, il me faut de l'argent pour payer les fournisseurs, et les ouvriers sur-tout, qui n'ont ni le temps ni le moyen d'attendre. — Comment, Monsieur Mussy, s'écria madame Clairon, vous abandonneriez mon mari! Lui qui a fait votre bonheur; qui vous a mis le pain à la main! c'est une ingratitude atroce! — Madame, répliqua doucement Mussy, je dois pardonner à votre situation l'injustice que vous me faites. M. Clairon sait fort bien qu'il ne m'a pas mis le pain à la main, et s'il m'a rendu service, je ne lui ai manqué de parole ni de reconnaissance. — Eh bien, Monsieur, reprit madame Clairon, voici plus que jamais le moment de lui témoigner cette reconnaissance dont vous savez si bien vous vanter : secourez-nous dans notre détresse. — Eh ! quel moyen voulez-vous que j'emploie ? — Empruntez à quelqu'ami. — Eh ! madame, les amis ne prêtent aujourd'hui qu'à des intérêts exorbitans. — J'imagine un meilleur expédient, faites-nous des lettres de change que nous négocierons. — Et quand l'échéance viendra, avec quoi les paierai-je ?—Mais Clairon vous fera des contre-lettres. — Songez-vous, madame, que cette conduite est peu délicate, et nous ferait à tous un tort... — En ce cas, monsieur, vendez la manufacture; aussi bien, est-ce une entreprise plus coûteuse que profitable. — En vérité, madame, vos propositions sont bien peu raisonnables; c'est comme si vous me disiez : mon mari s'est noyé, faites-en autant. Quand je me ruinerais, de quelle utilité cela pourrait-il être à mon ami? En supposant que je consentisse à vos desirs, ne voyez-vous pas qu'une vente aussi précipitée ne pourrait être faite qu'à vil prix, et serait préjudiciable à nos intérêts communs? D'ailleurs, observez qu'une manufacture n'est point une acquisition de luxe, et que le sacrifice de celles de cette espèce devrait passer avant tout autre. —Vous avez raison, Mussy, s'écria sur-le-champ Clairon (qui, pendant la discussion de sa femme et de son associé, était resté plongé dans ses réflexions), votre observation est pour moi un trait de lumière. Ce n'est point à vous, qui avez toujours tenu une

conduite

conduite de spéculation raisonnable et d'économie, à souffrir de mes écarts. Quant à nous, ma chère amie, dit-il, en s'adressant à sa femme, qui ne nous sommes privés de rien, qui avons joui, je dirai plus, abusé de tout, nous devons nous exécuter de bonne grace. Maison de ville, maison de campagne, équipages, bijoux, il faut tout vendre : nous avons connu jadis la pauvreté ; rentrons-y, mais accompagnés de l'honneur. —Ainsi, répliqua aigrement ma mère, parce qu'un lâche et faux ami vous abandonne, vous voulez me réduire à la mendicité ? L'homme qui vous fait banqueroute reparaîtra peut-être dans six mois, plus opulent, plus effronté que jamais. Faites comme lui, comme vingt autres que je pourrais nommer, vous n'en serez pas moins estimé; on ne méprise aujourd'hui que ceux qui n'ont rien. Quant à moi, je ne veux pas être montrée au doigt, et que l'on dise : Voilà cette femme hier si riche; aujourd'hui elle n'a pas de quoi dîner.—Votre amour-propre aura beau être blessé, ma femme, je ne suivrai pas vos pernicieux conseils : l'exemple des fripons ne sera jamais le mien, et je ne conserverai pas un vaste Hôtel, qui serait assiégé de créanciers dont je ferais le malheur, quand je puis vivre paisible et la conscience en repos, dans un cinquième étage.

M. de Mussy embrassa mon père en le félicitant sur sa généreuse résignation ; mais il lui fit observer qu'il ne fallait rien brusquer, pour tirer un meilleur parti de ses affaires. Cachez, lui dit-il, à tout le monde l'embarras où vous vous trouvez. Faites croire, au contraire, que vous ne vendez votre maison que pour en acquérir une d'un meilleur produit. Prenez quelque prétexte équivalent pour vous défaire du reste. Ce ne sera tromper personne, puisque cette ruse tournera au contraire au profit de vos créanciers et au vôtre. Je me charge de vous trouver, sous peu, des acquéreurs.

Madame Clairon fut bien loin d'être aussi raisonnable que son mari. Sitôt qu'elle le vit déterminé à sacrifier tout ce luxe dont elle était enivrée, elle en éprouva une révolution de bile, qui la mit en quinze jours au tombeau. Tant un revers de fortune est funeste aux femmes qui, du sein de la misère, se trouvent subitement dans l'opulence, et de l'opulence retombent dans la misère! Leur tête n'a point assez de philosophie pour soutenir avec modération les caprices du sort.

Dire que M. Clairon fut profondément affligé de la perte de son épouse, serait avancer un fait que personne ne croirait. Mais la vérité me force à déclarer qu'il s'était tellement habitué à elle, malgré ses mauvaises humeurs, qu'il lui sembla, pendant long-temps, qu'il lui manquait quelque chose d'essentiel.

Il ne fit aucun tort à ses créanciers, au moyen des sommes qu'il tira de ses ventes. Il lui resta même encore deux mille livres de rente et quinze cents livres sur la manufacture. Ajoutez à cela un assez joli mobilier et beaucoup de hardes et de linge. Mon père, ne pouvant plus rester à Paris, où tout lui rappelait sa félicité détruite, calcula qu'avec trois mille cinq cents livres de revenus, il vivrait à la campagne en bourgeois aisé. Il s'arrêta à ce parti. Il me retira donc d'un collége où il payait pour moi une fort grosse pension, et nous partîmes pour *Villeneuve-St.-Georges*, où il se fixa.

Il était encore triste, sans trop savoir pourquoi, mais enfin il l'était :

M. Chanterelle, son ancien ami, qui était un peu philosophe, et qui venait le voir quelquefois, lui dit un jour : — Clairon, tu as du chagrin et tu as tort. — Crois-tu que j'aie tort? reprit mon père ; prouve-le-moi. — Je vais te le prouver, en récapitulant les événemens de ta vie.

Ton père était soldat au régiment des Gardes-Françaises. Tu n'avais que huit ans quand il mourut, et il ne te laissa rien. Mais comme c'était un brave homme, son colonel te fit élever au *Dépôt*, où tu devins bon musicien. *A quelque chose malheur fut bon.*

Tu te marias ; ta femme était un peu diablesse ; elle te fit enrager : mais tu l'aimais, et la crainte de lui déplaire fit de toi un homme rangé, ce qui n'était pas trop dans tes dispositions. *Malheur fut bon à quelque chose.*

Le feu prit à ta maison, et tu y trouvas un trésor. *A quelque chose malheur fut bon.*

Après avoir fait fortune, tu jouis pendant quelques années avec une rapidité qui aurait consumé tout ton bien. Au lieu de cela une banqueroute vient te frapper au moment où, en la subissant, tu peux en retirer une bonne leçon et te conserver encore une poire pour la soif, et finir tes jours dans une honnête aisance. *Malheur fut bon à quelque chose.*

Enfin ta femme succombe au désespoir de ne plus briller. C'est un malheur, sans doute; mais remarque que puisque, même au milieu des richesses et des plaisirs, elle avait des momens d'humeur qui étaient bien rudes à essuyer pour toi, ç'eut été bien pis si elle avait survécu à ton désastre. Tout en continuant de te ruiner (car, soit dit en passant, elle y a bien contribué pour quelque chose : —Pour beaucoup, interrompit naïvement mon père.) —Tout en continuant, dis-je, de te ruiner, elle t'aurait abreuvé d'amertume en te rendant responsable de ton malheur. Au lieu de cela, tu vis tranquille, tu vis bien. Tu vas, tu restes où tu veux sans que personne y trouve à redire; tu vois tes amis quand il te plaît; tu te grises même quelquefois sans craindre les reproches : tu peux en conter à de jolies femmes sans redouter de scènes de jalousie. Allons, mon ami, conviens-en.... — Oui, oui, j'en conviens, j'avais tort d'avoir du chagrin, et je vois bien *qu'à quelque chose malheur est bon.*

Ici se termine ce que j'avais à raconter des *malheurs heureux* de mon Père. S'il lui survient encore quelque *disgrace fortunée*, le Public peut compter sur mon exactitude à lui en rendre compte.

AMENDE HONORABLE,

En forme de justification, sur cet ouvrage.

Je soussigné, déclare avoir reconnu des défauts innombrables dans mon Roman. Les plus légers, et sur lesquels je passe condamnation, sont ceux de plan et de style. On y remarquera sans doute aussi des fautes de français ; je m'en consolerai, si je peux en rejeter la plus grande partie sur mon Imprimeur, ce qui n'est pas toujours très-équitable ; mais c'est l'usage, et j'en profiterai, *peut-être.*

Si j'avais à craindre seulement que l'on dît de mon ouvrage qu'il est *mauvais*, je dormirais encore sur les deux oreilles; le Journal de l'Empire vient bien de nous prouver * que Cicéron, dans son *Traité des Devoirs*, n'était qu'un philosophe à galimatias, plein de contradictions, et à qui l'on doit jeter la pierre pour n'avoir pas suivi la morale du Législateur des Chrétiens, qui n'est venu au monde que beaucoup d'années après lui. Je serais bien sot, moi qui suis aussi loin de Cicéron que M. Geoffroy l'est de Théocrite et de l'auteur de la Métromanie, de me scandaliser de quelques sarcasmes *feuilletoniques*.

Mais mon troisième chapitre m'é-

* Voyez le numéro du 1er décembre 1806.

pouvante. J'ai qeau me dire : « ce n'est qu'un rêve, qu'un songe :

« Un songe (me devrais-je inquiéter d'un songe!)
» Entretient dans mon cœur un chagrin qui le ronge,
» Je l'évite par-tout, par-tout il me poursuit. »

RACINE, *dans Athalie.*

Que de personnes nommées, et dont je pourrais craindre l'humeur, si je ne leur connaissais pas assez d'esprit pour rire de mes faibles atteintes!

» L'Olympe voit en paix fumer le mont Etna. »

PIRON, *dans la Métromanie.*

Et ces Messieurs riront, parce qu'ils ont de l'esprit. Mais, M. Geoffroy, rira-t-il? — Il ne vous lira pas. — Pardonnez-moi, il me lira. — Eh bien, il vous lira, mais il ne vous répondra pas. — Il ne me répondra pas? — Bien sûr. — Mais ce n'est pas là mon compte ; je n'ai écrit contre lui que pour être connu, pour que mon ouvrage se vende, et ce n'est que son Feuilleton qui fait vendre les ouvrages nouveaux et anciens. — Bah ! c'est une plaisanterie. — Non, en vérité ; il n'y a pas un auteur qui ne dise à son Libraire, et pas un Libraire qui ne dise à son Auteur : « Ah ! si Geoffroy dit du mal de notre ouvrage, nous sommes sauvés. » Au surplus, ce serait une ingratitude atroce de sa part ; car, si mon roman a une teinte de méchanceté, c'est à lui que je la dois. Il m'a prouvé depuis plusieurs années que la raison, l'impartialité et le bon sens n'étaient bons à rien ; qu'il n'y avait de succès à espérer dans ce siècle, qu'en mordant et en déchirant à tort et à travers; si j'ai bien profité de ses leçons, et qu'il m'ait donné des verges pour le fouetter, je lui en demande bien pardon, et je m'en corrigerai aussitôt qu'il se corrigera lui même. Les Rieurs y perdront, mais le bon goût y gagnera; et cela prouvera encore qu'*à quelque chose malheur est bon.*

BERNARD DE MONTMARTRE,
Dit HILARION le Drôle de Corps.

FIN.